黄永玉

作品

比我老的老头

黄永玉————著

作家出版社

目录

序一

好奇和偏方

我从小好奇算不得是个毛病，小学同学不少人也好奇，那就更谈不上算是传染病。

我家乡那地方尽出怪事，由不得生下的孩子好奇天分很高。

过年舞狮子龙灯，稍有点儿身份的大街都会出热心人士组织这类热闹队伍。满城漫街，香雾弥漫，动静震天。

大人形容小孩子得到某种快乐时都会说：

"这下你过年了……"

那时人们眼界小。大人快乐的境界是讨新嫁娘；小孩快乐的境界恐怕只能是过年了。

东门外与岩脑坡并行的有条街叫作兴隆街，尽头拐个左弯往上走不要好久就到上学的文昌阁模范小学门口。

拐弯的那家人家姓倪，有个女儿名叫倪正亚，许配给我的同班同学陈文章做了未婚妻。这让我们大家很当回事，时常放在嘴边当作笑谈。

这类事情在城里并不多见，双方家底子不厚是做不出来的。

我底下要讲的奇事跟上头作的介绍实际上没有这层关系。写出一些地点和人，只是拉来证明确有其事而已。

有年过年，我跟一队不晓得哪条街的狮子龙灯队经过兴隆街，锣鼓响得正热闹的时候，街上主事的叫人放出"花筒"。表示街与街不简单的隆重礼数。

所谓"花筒"就是几十年后大家都清楚的国庆节晚上天安门广场放的"烟花"。不过规模小得多。

现在说小，那时候不觉得小，那时候觉得全世界没有比它更大更热闹的了。

"花筒"是用一段段新鲜大竹筒做的，灌进能发生不同形态火花的奇妙火药，后头再紧紧夯足黄泥巴和棕毛，翻过来在竹段隔上钻个眼，插上根火药引线即成。

骇人点的不用竹筒而用一截截棕树干，火药足，压力强，自然响动就特别地吓人。

其中一声炸雷似的响动，把一个人的膝盖骨炸碎了。那人刚二十岁，名叫倪擅擅，是个邮政局送信的。被抬进倪正亚家堂屋，一个苗老汉发出命令："赶紧到北门外砍一枝今年生的柳树干来，快！记住，要今年生的！"一方面嘴巴嚼着干草药，喝一口水，朝膝盖上喷，喷完了自己赶紧取水漱口，又忙着把碎骨头一点点取出来，又关照赶紧弄一只没阉过的公鸡备用。树干来了，苗老汉锯了段砧板似的木段子，按照膝盖的原形削了块样子，把它放准在膝盖原来的部位。

当场把公鸡杀了，剖开肚子，取出心肝肠胃扔了，连毛带脚带尾巴血糊淋剌地包贴在伤口处用破衣旧布捆妥。

周围好奇看热闹的，把狮子龙灯都忘了，我从头看到尾，大冷天一身冷汗。看完就回了家。

回家，过年期间免不了遇见好多新鲜事，倪揎揎的事就算过去了。

大概几个月之后吧，倪揎揎仍然在帮邮政局送信，不跛不瘸。那时的想法跟现在的想法不一样。那时候想，既然有苗师傅动手，当然该好也就好了；现在想，这种医法怎么会好？没有消毒，一场噩梦！要不亲眼从头到尾看过，今天的倪揎揎是不是假的？

家乡流行好多奇奇怪怪偏方，有的听来惊人，有的几十年用到现在。

半夜抓到进屋的小偷，不拳不鞭，只让他吃几粒耳朵里挖出来的耳屎。从此以后白天晚上他就会不停地咳嗽，哪有小偷半夜一边咳嗽一边偷东西的呢？

这说来让人讨厌，我们有什么权利让小偷吃耳屎？让他一辈子咳嗽？要是让他反过来把你抓了，灌了你耳屎，让你一辈子咳嗽怎么办？岂不活该？（法律上这算不算是一种私刑？）（有人说，吃了耳屎不见得真会一辈子咳嗽。）

我有个治牙痛的方法很是简单灵验，治一个好一个。牙痛时候，剥七粒大蒜心（要白心，不要发了芽的绿心），擂碎，放在手掌和手腕交界的高处，用纱布胶布轻轻贴妥，五分钟牙齿就不痛了。不痛了再去找牙医彻底治疗。手上那地方听说叫作"养老穴"。左边痛贴右手，右边痛贴左手。手上会起一个水泡，再用消毒棉花和纱布胶布保护起来，过几天就好了。（有幸灾乐祸的人说，从此手上会长个大疤。想想，怎么会呢？不会的。）

这方法不单帮了不少朋友解决一时的痛苦之急，在军垦农场还做了两件有趣的事。

一个所谓"五一六"嫌疑分子被关在一个房间里。牙痛了，送去医院怕他逃跑，管理人员来问我医治牙疼的方法，我传授之后听说这个"五一六"嫌疑分子牙齿不痛了。也可能直到今天他还不清楚谁把他的牙疼治好的。

另一个怀孕的大肚妇女来找我，说她牙痛。我吓住了。这办法没医过孕妇，万一如此一弄孩子掉了怎么办？我负不了这个责！结果她丈夫也来了，说：

"你看她半边脸都肿了，还不救一救？"

我把班长叫来了，让他和他谈判。班长向连指导员汇报，连指导员接手也跟丈夫谈判。结论是：

"他说他家有四个儿子，少个把算不了回事！"

只好让两位老乡夫妇把偏方高高兴兴带走。

真正睡不着的是我了。

从此没有再找我。既不道谢也不找麻烦。

村子里有个老乡，大热天看他在地里劳动，戴着斗笠，右边腰间顺肚脐处缺了一大块肉，一个深深的沟，细细斟酌一下，起码少了三斤。

我问他出过什么事，他指着那条沟说："为它，我死过几回。我痛死、饿死、累死……"

"怎么搞的？"我问。

"哪知道怎么搞的？五个大疱，快烂到肠子了！"

"怎么又好了？"我问。

"一个收破烂的路过，看到我这德行，问我想不想活。我操他祖宗，这时候还找我开心！那混蛋说，你再骂我我也要救你，看你有没有胆子让我救。怎么救？拿今早晨的新鲜鸡粪抹在布上，绕腰围一圈试试。过五天我再来。五天之后这混蛋真来了，打开腰带一看，问我痒吗？我说痒！痛吗？好多了。换新布抹新鸡粪，过五天我再来。来了之后，打开腰带一看，指着我鼻子说：狗日的，长新肉了。换鸡粪，再绑一次！"

"后来呢？"我问。

"没有后来，好了，我活过来了！"老乡说。

"他呢？"我问。

"不见了。说不定他妈还真是个神仙。"

我回北京，兴冲冲把见闻如实告诉协和医院的朋友。

"你神经病！"他说。

人应该体谅天下所有这类杰出医生。他们一辈子好不容易形成的缜密专业系统，绝不容你半点医疗滑稽新闻冒犯神圣殿堂。

记不起几时听来或是书上看来的故事。

一个人喜欢抄偏方。

他朋友是个害小肠疝气的人。（我只粗浅地知道小肠疝气是个睾丸肿大的病，胯下挂着个排球大的累赘过日子，非常地不幸。）

有天，这个患小肠疝气病的朋友犯了国法，被押到刑场去砍头了。喜欢抄偏方的人跟去看热闹。

一刀下去，脑袋滚到地上，睾丸登时缩小和常人一般。

这位爱抄偏方的人连忙从口袋里掏出笔记本写下：

"割下脑袋，治小肠疝气有奇效。"

我不信脑袋被砍下的时候，抄偏方这位朋友能看得到死人裤裆里头东西的变化，并且一失去脑袋睾丸就缩小的原理。

我好奇的天性至今没变，可惜"文革"前我那个讲究的毛边纸十行笺本子，毛笔恭楷，记下数不清的偏方，不晓得落到哪位贤士手里了。都来自老朋友口传或笔记，一来一往的出处要是写下来，会是本有趣的东西。

我一直提起"好奇"这两个字，它是科学的发端。牛顿这些人看到树上掉下苹果就懂得联系万有引力的大道理。我这类人蠢，只有好运气享受他们的研究成果，乃至长大以后在高一点层次上尊敬佩服他们。

了不起的新世界出现了各方面的牛顿。也真是把我们开心得、忙得够可以。

世界上也有另一类好奇的人。好奇别人家的苹果树，别人家的藏书，别人家用功努力的学问成就，别人家庭的幸福美满……他不安心，他不平衡，他也选了一棵树底下耐心坐下来，看上面能掉点什么东西，好开展自己的发现和发明。

二〇一九年八月七日万荷堂

等酸葡萄、酸黄瓜掉下来

序二

为什么老头儿号啕大哭？

——写在《比我老的老头》增订珍藏版之前

我读了徐庆全先生著作《周扬与冯雪峰》，很受感动，一个多星期心情跟文章一样奔腾澎湃，不安之至。

文章点醒了我，冯雪峰先生一九〇三年生，周扬先生一九〇八年生，冯、周两位入党时间都在一九二七年四月十二日大革命以后。冯二十四岁，周十九岁。

两位年轻人干着那么重要的大事，领导庞大的进步文学队伍，又在重要的时刻打下了不解之恨结。以后的几十年一直紧紧咬住不放，直到"文化大革命"两人同时都遭毒手，这才"历尽劫波兄弟在"，取得了互相的谅解。

太迟了！几十年时光耽误，大量优秀文艺队伍人员的牺牲，一个运动接一个运动，弄怕、弄俗也弄傻了人们的头脑，人们生活在比天灾还恐惧的人祸之中。自己同志，怎么弄成这种局面呢？

善心的领导人曾经说："文艺界是个重灾区。"可惜希望的声音从文艺界头顶飘然远去，没有了下文……

为什么人都要在自己亲身受到磨难后才清醒过来呢？你以前干什么去了？如果不受到磨难还有这种清醒的可能吗？那无数为冤狱死去的文艺前辈如何补偿？

你的"认识过程""成熟过程"，文艺界为此付出了忍受"大刑"的代价。无数的生命成为你交的难以负担的"学费"。

那么不安，那么轻率，那么小题大做，那么信口开河，那么捕风捉影，连自己也掉进了剑拔弩张的混乱之中。

用得着吗？犯得上吗？清楚明白了也迟了！你就没想到自己会老、会死，会陷入自造的深渊之中？

虽然我在"文革"中受到点麻烦，但我会打发日子（包括老着脸皮装病、说谎，我把一辈子积攒下来的谎话都"消费"在"文革"这场混账日子之中），倒是一句巴尔蒙特的诗挂在心上：

"为了太阳，我才来到这个世界！"

老婆见我挨打背上流血，我安慰她："不会永远是这样的！"

不止是"文革"，上世纪三四十年代我也是满身霞光在这个世界上出没的。

还不懂什么是共产党我就左倾，很以为自己进步得不得了。

穷也好，饿也好，褴褛也好，流浪也好，倒是一胸腔左倾傲气。用现在刻薄自己的话说，叫作"自费闹革命"也不为过。

中华全国木刻协会是鲁迅思想传统的进步艺术团体（当时我还不懂得党在暗中领导），领导人是久仰的木刻界前辈：李桦、野夫、陈烟桥；还有一大批老大哥：章西厓、麦杆、王琦、阿杨、邵克萍、赵延年、汪刃峰……每年的春秋两届全国木刻展，我跟他们工作得很开心。真有这么一回事：信念是可以填肚子的（当然饿不死也饱不了）。隔几天吃两三块烧饼，喝自来水，能面不改色是常事。

那时候进步的报章杂志都让国民党查封了，剩下一家有苏联关系的《时代日报》国民党没有动，两星期出一期木刻画刊。大概觉得我浑身是劲又耐烦吧，就决定让我跟李桦一起跑这个工作，选稿、送稿、联络稿费这类的事情。社长罗果夫是苏联人，其实编辑部坐的全是中国作家、翻译家。楼适夷、戈宝权、陈冰夷、水夫……很多人挤在二楼的一间小房间里。

这些人是不是党员我不在意，他们对我温和亲切确是事实。于是我根据他们的年龄作了适当称呼，这位应称呼叔叔，那位应叫老哥，那位应叫老弟。这关系维持至解放后北京的《世界文学》杂志和外文局……直到无数次运动之后不见人影为止……

李桦先生曾对我说过："适夷先生是我在文学界最尊重的作家，诚恳、朴实。"妙的是，有一次适夷先生也对我说："李桦先生是我在美术界最尊重的画家，诚恳、朴实。"两位都是朴实的人，所以说的话一样。

有一天适夷先生说："有一个人要见你，我带你去。"

"谁呀？"

"见到就知道了。"

坐公共汽车到霞飞路"作家书屋"，适夷先生说："是蓬子开的。"我说我听说过。

铺子中间一座矮宽台子，高高低低摆了些书，三面墙书架子上也是书。适夷先生要我外头等等，并随便介绍个看摊子的青年："蓬子的儿子，文元，你们谈谈。"他进了后边左手小门。

一个微胖、大眼睛的青年。我说："你这个工作不错，得空可以看看书……"他说："不行的，我守着，有人会偷书……"我"喔"了一声。是的，会有人偷书的。我也这么想。

适夷先生向我招手。黑洞洞的地方，迎面一座楼梯，斜坡底下铺了张单人床，一个老人提了把水壶从后门进来（我那时认为五十岁已经很老）。

"冯雪峰先生。"适夷先生介绍。

楼适夷先生挑水中

我想我在哪里见过他，春季木刻展吧？我没有出声。

"你这么小呀！多大了？"雪峰先生问我。

"嗯！"我来不及计算，"二十一二吧！"

"听说你很努力呀！……生活艰苦啊！……"他笑了笑，"很快就会好起来的……我写了些寓言，想请你作插图，这些稿子你先拿回去看看，有什么事让楼先生转告我好吗？"

他倒了杯水给我，记不起喝了没有。地方窄，三个人怎么站怎么坐我也忘了。也不清楚适夷先生带我来见的冯雪峰是谁。

几天后我告诉博识的黄裳兄，他说："喝！大人物！"

我刻了几幅木刻插图交给了适夷先生。多少年后在北京，才再见到雪峰先生。

左派文艺界内部也有纠纷，但万万没想到，一些文艺问题上的不同看法，多少年后却要了人的命。

一九四八年跟适夷先生在香港有过颇长一段时间相处。

香港的房租太贵，他拉我到九龙一个名叫荔枝角九华径的小农村成为邻居，慢慢地来了不少文化人，王任叔、张天翼、臧克家、杨晦、唐人、余心清、耿庸、端木蕻良、方成、巴波、林景煌、朱鸣冈、考蒂克、陆志庠、陈敬容、蒋天佐、阳太阳……我会讲广东话，帮忙联系生活细务，调解小小摩擦纠纷，他们戏呼我为保长。记得茅盾先生、夏衍先生、潘汉年先生、乔冠华先生以及不少著名的左派民主人士都来九华径玩过。香港有什么会，大家就从九华径出发到九龙市区的加连咸老道叶以群先生那里集合，再过海到香港某个会场去。我觉得神圣而隆重，像儿童跟长辈上戏园子那么开心。

我最早知道左派文艺界内部也有纠纷的是在香港。

因为对胡风先生的《论现实主义的道路》的批判会是在香港开始的。至于是什么意思和意义，我一直模模糊糊。一天快吃晚饭的时候，胡风先生找适夷先生来了。适夷夫人黄炜在新四军还在什么解放区当过法官，人很善良精明，可是她不会做菜，还向我爱人"借"了两个菜请这位贵客。胡、楼二位先生就这么一直谈到三更半夜，其中楼先生又敲门来"借"点心。可惜我当时不懂事，听不懂他们谈的是什么内容，只觉得胡先生中气十足，情绪激愤。楼先生是个厚道人，不断说些安慰调解的话。

我和同辈朋友为画呀、木刻创作也吵过架，一时情绪也未必平定得下来，尽管这样，过几天也就好了，有说有笑的。我以为这些老人家的事情也和我们一样，何况读了那么多书，这么大年纪，又都是革命文艺前辈，一肚子修养，万万没想到，一些文艺问题上的不同看法，多少年后却要了人的命。

几代人把气力都花在这上头，哪里还写得出好文章？

有一次，我在香港湾仔国泰影院看《松花江上》，电影散场时，国泰的负责人欧昶兄叫住我："夏公在'美利坚'，绀弩也在，他说要我在门口等你，叫你去。"

"美利坚"是间小饭店，以烧鸡出名，便宜爽好，很多文化人常去。离《星岛日报》近，向叶灵凤先生要稿费也方便。

我和欧昶进了玻璃门，喝！好多人，吕恩、白杨、第一次见面的张骏祥先生……没想到叶灵凤先生也在。

看起来他们快席终了，我似乎有点过意不去，夏公说："吃烧鸡，我们等你，那么，两只吧！一只带给你小媳妇……"

"我告诉夏公，说你会写文章……"绀弩先生说。

"你还在帮吴性栽写剧本啦？"夏公说，"我以为你只会刻木刻咧！……你帮我刻幅木刻像好不好，我书上用，最好背景是《上海屋檐下》。"

我说好。这顿饭是个人表演，吃得我满头大汗，另一只鸡带回给老婆。

十二三年后的"文艺八条"开会期间，我向吴雪兄要来《上海屋檐下》的剧照，完成了夏公交下的任务。

文艺界对于夏公，没有人当他是官。是兄长，是慈祥热心的叔叔伯伯。和其他当官的老前辈很不相同。

说来好笑，我一九五三年回到北京，在中央美术学院开始工作。忽然通知院领导要开一个审查我历史的会，把我吓得半死，一辈子没碰到这种事。几个人的会，毫无来往的同事板起脸孔轮流臭了我一顿。我想我出身、历史、作风都毫无问题，"从香港回来"算什么事？我在香港干什么难道大家不明白？不行！还要像审犯人似的追底地问。幸好一个上下午就完了。朋友告诉我，这是例行公事，不是侮辱，要习惯才好。我不甘心，听祖光兄还是苗子兄说夏公从上海到北京办事，正好！他是党的领导，要找他评评理去。到文化部招待所，说他在六国饭店，又说在北京饭店，找到了一说，他哈哈大笑："这下套了你个'紧箍咒'了吧！干革命自然要接受审查，才一天嘛！你就受不了啦？你看我，你知道要我来北京做什么吗？上头要批评我了！知道吗？批评起来，比你的会一定凶得多……"

我以为夏公在开玩笑，这么了不起又大又老的党员，谁有资格批评他？

夏公后来调到北京来当部长，黑蛮和黑妮国际儿童比赛得了金牌。我家已从大雅宝胡同搬到美院北宿舍了，不知他从哪里得到消息，来宿舍看孩子了，变戏法似的从大衣口袋里一件件掏出外国彩色铅笔、木雕大笨象，手套还是围巾，说自己官僚主义，孩子双双得了国际奖，现在才来祝贺……

版画系那时候经费少，听说某个山村调整耕地有几十万斤的大梨树要砍伐下来，这是千载难逢的机会，版画系正缺这么理想的刻木刻的木料。夏公知道这个消息后说："正好部里还有点剩钱，要学院明早送个报告来我批一下，赶快买下它。木料买来马上不能用，要多搁几年，好木料是不等人的……"

几十万斤梨木是买下了。只是多少年来每逢"反贪"或"精简节约"运动，都要挂一挂这些木头。木头照用，意见照提。到了"文革"批"四条汉子"时，那几十万斤梨木也曾上纲到我与"四条汉子"的勾结上来，侥幸没有什么下文……

"文革"后从秦城监狱释放出来，他短了一截脚，进屋刚坐定，多年卧在床底不出来的老猫认出了他，艰难地爬到他脚下绕圈，第二天，死了。它等了夏公十一年……

文化头头们中最不怕背"人道主义"十字架的，怕就是夏公了，想想他那几部《早春二月》《舞台姐妹》和《林家铺子》……的电影。他的思想一直很先进。

"文革"前《光明日报》上登过我一篇有关儿童教育的文章《教子篇》，我响应潮流说了一些教育孩子不应忘记过去的苦难之类的话。夏公用"黄似"的笔名写了一篇小杂文对《教子篇》提出新义，他说："……更要教育孩子如何迎接未来……"

瑞士剧作家弗里德里希·迪伦马特那本《老妇还乡》是我带给他看的。之前我就想过，只要他一出秦城监狱，我就给他送去。我说："你看，你看，多么像我们的'老妇'，要能演出来就好！"

几天后他托了位什么人来转告我："果然精彩！"

不久，北京人艺《老妇还乡》演出了，夏公一定是出了力气？我还写文章在《人民日报》上捧过场咧！

一九五三年我刚到北京不久，外文局的李荒芜兄就来联系为雪峰先生刻寓言插图的事。工作很快就开始，也很快就完成，大概是十幅吧！

又是适夷先生通知，雪峰先生要见我，地点在苏州胡同东口附近某号某号（上世纪六十年代后适夷先生住在那儿）。我住处大雅宝胡同和苏州胡同都在东城，骑自行车应是容易找到的。晚上，却是下着大雪，进东口不远，大雪纷飞之下墙根电线柱旁站了个人，下车一问，竟是雪峰先生，他说住处还要拐一个小胡同的里面，怕我找不到，所以等我。

屋子冷清，夫人见了面，一位年轻人倒来热茶。坐定之后，雪峰先生说满意我的插图，跟上海时刻的风格不一样了。又问我教学工作顺不顺利，然后他说出版社给我的稿费太少，他拿的稿费很多，这不公道，要私人给我一些钱。我说出拒绝的理由和谢谢好意的话,他迟疑了,然后说:"你稍等等。"进房去了一阵,带出一本《苏联版画集》来:"这是鲁迅先生送我的,当时我在'地下',来回带着不方便,所以没有题字,多少年了,一直放在义乌家乡,这次搬书一起带出来,给你做纪念吧!"(这本版画集应该还在我三里河屋里,几时找出来才行。)

以后我没有再见到雪峰先生。他的后半生真是寂寞辛苦,尤其是夹带着浙东孤傲的脾气的这种人,你和他去论论"三七开""二八开"甚至"九一开"试试!他不铲你两耳光才怪!

和周扬先生少有接触。有幸的是上世纪60年代参加中央文化工作队时握过他伸出的三个手指头。

在反胡风运动和"反右"运动中,周扬先生可算是占尽风流。胡风垮了,冯雪峰垮了。风卷残云一扫上世纪三十年代郁闷之气了吗?未必!

雪峰先生心里那笔账复杂得多。这位当年的"湖畔诗人"命中早就注定要步屈原的后尘。他用诗人的方式游离于润之先生的友谊和党中央核心的亲密关系内外。屈原之于楚怀王,无异于雪峰之于润之先生。"天低吴楚",上世纪30年代"四条汉子"的烦恼固然是个事,嗡绕了他半辈子;其实放在历史大天平衡量,他哪里瞧得上眼?他心知肚明。

雪峰先生自己说："……我一点也不正确。左联时期，我是决策人之一，应负主要责任，当时大家都很天真幼稚嘛！至于在解放后我的遭遇，'四条汉子'可能起了一点作用，但是起不了决定作用。"真正起决定作用的是谁，雪峰先生没说，但大家心里明白。

人们找不到几十年来周、冯惹怒润之先生的真正的、确切的原因，却很容易找到上世纪三十年代惹怒江青夫人的原因。江青夫人是《老妇还乡》中的"老妇"，是每仇必报的复仇女魔。外国古话说："狡妇心中打算，总用男人嘴巴说出。"这半世纪多的混乱不幸生活就是她煽起来的，她才是祸根。三流演员的争风吃醋。

上世纪三十年代婚姻生活的多变是她终生沉重的阴影。她的复仇动机既带有封建意识又兼夹小资劣根性。为了复仇，为了作众人皆知的掩盖，她大施杀伐。这真正印证了千年前古人预言的"红羊劫"数。"哲夫成城，哲妇倾城。懿厥哲妇，为枭为鸱。妇有长舌，维厉之阶。乱匪降自天，生自妇人。匪教匪诲，时维妇寺。"这段诗歌大意如下：

……

聪明的男人能兴起一座城，

聪明的婆娘能毁掉一座城。

唉！你这个聪明的婆娘啊！

你简直是毛窠恩（我家乡对无眼眉的猫头鹰的叫法）！简直是猫头鹰（有眼眉的猫头鹰）！

长舌的婆娘啊！

你是祸乱的根！

灾祸哪里是从天而降，

完全由你这个坏婆娘制造出来。

谁也不曾有人教你（指男人），

都因为你亲近了这个坏婆娘！

《诗经》里的这段《瞻卬》，所指不是江青还能是谁？（我怀疑江青真读过《诗经》，倒是天公开了我一个大玩笑，把我画的猫头鹰跟江青挂在一起。）

解放以来，批《武训传》，《红楼梦》案，胡风案，"反右"运动，"文革"，都是江青夫人暗中"亲自发动，亲自领导"而由润之先生宣言出来的。

让全国老人痛哭，也要有点本事啊！

几乎是全国父母无人不哭。"文革"不用说，"反右"运动中，我多少年来尊敬的楼适夷先生、叶恭绰先生就都号啕大哭过。

是历史的哭泣，是文化的哭泣啊！

"四人帮"垮台后，中央宣传部长张平化在人大会堂侧厅召开了几百人的会，文化界残余兵丁列席，零落轮流宣泄了点牢骚。是否张平化原意我不明白。会，开得阴郁。

散会了，几个人涌向坐轮椅的郭老握手，郭老兀兀然；夏公那边却是人头汹涌……

周扬先生一个人向东大门蹒跚走去，停在台阶边上。

一个孑然的小黑影子……

天安门广场暮色苍茫……

二〇〇五年五月十四日于万荷堂

北向之痛

——悼念钱锺书先生

锺书先生活了八十八岁。

他生于一九一〇年，大我十四岁。

我荣幸地和他一起在一九四七年的上海挨一本只办了一期、名叫《同路人》杂志的骂。骂得很凶，很要命，说我们两个人在文化上做的事对人民有害，迟早是末路一条……

锺书先生是有学问的人，底子厚，他有恃无恐；我不行，我出道才几年，受不了这种惊吓，觉得在上海混生活很不容易了，不应该受到这种蛮横的待遇。害我难过了起码半年。

既然是一起挨骂，倒去找了好几本钱先生的书来读，在同辈朋友中间开始引用钱先生的隽语作为谈助。

那种动荡的年代，真正的学问和智慧往往是黑夜里的星星。

五十年代在北京和钱先生、季康夫人有了交往，也曾提起过那本《同路人》杂志，钱先生说："……老实说，我真希望今天他们福体安泰……"

有一晚下大雪，我跟从文表叔、钱先生在一个什么馆子吃过饭，再到民族饭店去看一位外地前来开会的朋友。那位朋友住在双人房，不久同房的人回来了，是位当红的学者。他穿着水獭皮领子黑呢大衣，原也是沈、钱的熟人，一边寒暄一边拍抖大衣上的雪屑：

"……就在刚才，周扬同志请吃饭……哎呀！太破费了，叫了那么多菜，就我们三个人，周扬同志坐中间，我坐周扬同志左边，红线女坐周扬同志右边……真叫人担心啦！周扬同志这几天患感冒了，这么大的雪还要抱病请我吃饭，真叫人担心啦……"

探访朋友的时空让这位幸福的学者覆盖了。钱先生嫣然地征求我们的意见："我看，我们告辞了吧！"

受访的朋友挽留不住，在房门口握了手。

下楼梯的时候，钱先生问我：

"记不记得《金瓶梅》里头的谢希大、应伯爵？……"

"文革"后，听说那位学者也是个"好人"，几十年的世界，连做好人都开始微妙起来。

五十年代末，有一回在全聚德吃烤鸭。那时候聚在一起吃一次东西是有点负疚的行为。钱先生知道我是靠星期天郊区打猎来维持全家营养的。他从来没有这么野性地生活过，有兴趣问我这样那样，提一些担心的外行问题。他说他虽然不可能跟我去尝试一次这样的壮游，倒是能给我开一张有关打猎的书目。于是顺手在一张长长的点菜单正反面写了近四五十部书。这张东西"文革"之前是在书里夹着的，后来连书都没有了。

他还说到明朝的一本笔记上记载的汉人向蒙古人买兽皮的材料，原先订的契约是一口大锅子直径面积的兽皮若干钱，后来汉人买主狡辩成满满一大锅子立体容量的兽皮若干钱了。他说："兄弟民族一贯是比我们汉族老大哥守信用的。"

"四人帮"覆亡之后，钱先生和季康夫人从干面胡同宿舍搬到西郊三里河的住处，我有幸也搬到那里，正所谓"夫子宫墙"之内。打电话给他这么说，他哈哈大笑："缘分！缘分！又绑在一起了！"

房子是好的，名气难听。"资本主义复辟楼"。后简称为"复辟楼"，这是因为那时大家的居住条件不好，而一圈高高的红围墙圈着可望而不可即的十八幢漂亮的楼房，恰好冲着来往于西郊必经之路上，大家见了有气。那时时兴这样一种情绪："够不着，骂得着。"后来缓和点了，改称"部长楼"，也颇令人难堪。

院子大，路也好，每个门口都可以泊车。有不少绿阴。早上，一对对的陌生和面熟的老夫妇绕着院子散步，互问早安。钱先生和季康夫人都能见得到；还有金山夫妇，俞平伯夫妇……天气好，能走得动的都出来了，要都叫得出名字的话，可算是一个盛景。

二十多年来，相距二百米的路我只去探访过钱家一两次。我不是不想去，只是自爱，只是珍惜他们的时间。有时南方家乡送来春茶或者春笋，先打个电话，东西送到门口也就罢了。

钱先生一家四口四副眼镜，星期天四人各占一个角落埋头看书，这样的家我头一次见识。

家里四壁比较空，只挂着一幅很普通的清朝人的画，可能画家与钱家有值得纪念的事。钱先生仿佛讲过，我忘记了。

书架和书也不多，起码没有我多，问钱先生：你的书放在哪里？他说：图书馆有，可以去借。（！！！）

有权威人士年初二去拜年，一番好意也是人之常情，钱家都在做事，放下事情走去开门，来人说了"春节好"，跨步正要进门，钱先生只露出一些门缝说："谢谢！谢谢！我很忙！我很忙！谢谢！谢谢！"

那人当然不高兴，说钱锺书不近人情。

事实上，钱家夫妇是真在忙着写东西，有他们的工作计划，你是个富贵闲人，你一来，打断了思路，那真是伤天害理到家。人应该谅解和理会的。

"四人帮"横行的时候，忽然大发慈悲通知学部要钱先生去参加国宴。办公室派人去通知钱先生。钱先生说："我不去，哈！我很忙，我不去，哈！"

"这是江青同志点名要你去的！"

"哈！我不去，我很忙，我不去，哈！"

"那么，我可不可以说你身体不好，起不来？"

"不！不！不！我身体很好，你看，身体很好！哈！我很忙，我不去，哈！"

钱先生没有出门。

钱先生和季康夫人光临舍下那是无边地欢迎的，因为起码确信我没有打扰他们。于是就喝茶，就聊天。

有一次，钱先生看到舍下墙上挂着的太炎先生的对联。我开玩笑地说："鲁迅的对联找不到，弄他老师的挂挂。"

于是钱先生开讲了太炎先生有趣的掌故。

八十年代我差点出了一次丑，是钱先生给我解的围。

国家要送一份重礼给外国某城市，派我去了一趟该市，向市长征求意见，如果我画一张以"凤凰涅槃"寓意的大幅国画，是不是合适？市长懂得凤凰火里再生的意思，表示欢迎。

我用了一个月时间画完了这幅作品。

我工作的地点在玉泉山林彪住过的那幢房子。画在大厅画，原来的摆设一点没动；晚上睡在林彪的那张大床上。有人问我晚上怕不怕，年轻时候我跟真的死人都睡过四五天，没影的事有何可怕？

眼看代表团就要出发了。团长是王震老人。他关照我写一个简要的"凤凰涅槃"的文字根据，以便到时候派用场。我说这事情简单，回家就办。

没想到一动手问题出来了，有关这四个字的材料一点影也没有。《辞源》《辞海》《中华大辞典》《佛学大辞典》，《人民日报》资料室，遍北京城一个庙一个寺的和尚方丈，民族学院，佛教协会都请教过了，没有！

这就严重了。

三天过去，眼看出发在即，可真是有点茶饭不进的意思。晚上，忽然想到远在天边、近在眼前的救星钱先生，连忙挂了个电话：

"钱先生，平时绝不敢打扰你，这一番我顾不得礼貌了，只好搬师傅下山。'凤凰涅槃'我查遍问遍北京城，原以为容易的事，这一趟难倒了我，一点根据也查不出……"

钱先生就在电话里说了以下的这些话：

"这算什么根据？是郭沫若一九二一年自己编出来的一首诗的题目。三教九流之外的发明，你哪里找去？凤凰跳进火里再生的故事那是有的，古罗马钱币上有过浮雕纹样，也不是罗马的发明，可能是从希腊传过去的故事，说不定和埃及、中国都有点关系……这样吧！你去翻一翻大英百科……啊！不！你去翻翻中文本的《简明不列颠百科全书》，在第三本里可以找得到。"我马上找到了，解决了所有的问题。

有一回，不知道怎么说到一位也写理论文章的杂文家：

"……他骂从文，也骂我，以前捧周扬，后来对周扬又不怎么样。看起来，我们要更加努力工作了，他们才有新材料好骂，我们不为他设想，以后他怎么过日子……"

跟钱先生的交往不多，我珍惜这些点滴。他的逝世我想得开，再高级、再高级的人物总是要死的，不过，我以为钱先生这位人物真不平常，读那么多书都记得住，作了大发挥，认认真真地不虚度时光地劳作，像这样的人剩下的不多了。

祖国的文化像森林，钱先生是林中巨树。人要懂得爱护森林，它能清新空气，调节水土。摧残森林、图一时之快的教训太严峻了。我写了首诗悼念钱先生，并问候季康夫人。

哭吧！森林！

该哭的时候才哭！

不过，你已经没有眼泪。

只剩下根的树不再活，

所以，今天的黄土是森林的过去；

毁了森林再夏禹治水何用？

更遥远的过去还有恐龙啊！

今天，给未来的孩子只留下灰烬吗？

孩子终有一天

不知道树是什么，

他们呼吸干风！

树，未来的传说。

那一天，

如果还有一种生命叫作孩子的话……

一九九九年一月四日夜于香港

我少年、青年、中年、暮年心中的张乐平

　　乐平兄大我十四岁，我大三毛十一岁，有案可查的一九三五年《独立漫画》上伟大的三毛出现的时候，乐平兄二十五岁，我呢？十一岁。我没见过这幅"开山祖"的三毛。唉！三毛活到今天毕竟是六十多岁的人了。

　　读三毛，是在《上海漫画》和《时代漫画》上。

　　事实如此，我的"美术事业"是从漫画开始的。

　　那时候家乡的风气颇为开明进步；新思想、新文化、新文明不断鼓动年轻老师们的进取心，一波一浪地前赴后继。他们从上海、北京订来许多进步的杂志报章相互传阅，我们这些小学高年级学生由此受益之处，那就不用提了。我们抱着《上海漫画》和《时代漫画》不放，觉得它既是让我们认识世界的恩物，又是我们有可能掌握的批判世界的武器。

　　我们家乡是块割据的土地，统治者掌握湘西十来个县权力，

谁来打谁！国民党、蒋介石那时奈何不得。所以有三十一年的偏安局面。

我们模仿着《上海漫画》和《时代漫画》的风格在壁报上画点讽刺当地流俗的作品，甚至老着脸皮贴到大街上去，却是因为心手两拙，闹不出什么有趣热烈的反响。

不过，这个小群落的自我得意倒是巩固了一种终生从事艺术的勇气和毫不含糊的嘲讽眼光。

一九三六年四月四日儿童节，父亲给我的礼物是一本张光宇、张正宇兄弟合著的《漫画事典》。

这包罗万象的万宝全书教会我如何动手和如何构想，把身边的人物和事情变成漫画。我一边欣赏，一边模仿，找到了表达力量。学着把身边的事物纳入《漫画事典》的模式里来。仿佛真感觉到是自己创作的东西。

我知道世界上有伟大的张光宇、张正宇、叶浅予、张乐平……一口气能背出二三十个这样的"伟人"，奔走相告，某一本新漫画杂志上某一人又画了张多么精彩的漫画，于是哥儿们一致赞赏：

"这他妈狗杂种真神人也！"

"王先生""小陈"，开阔了我们对上海社会生活的眼界，"王先生"的老婆很像南门外丝烟铺费老板的老婆刘玉洗。

越看越像。简直笑死人！

"王先生"和"小陈"骂人"妈特皮"，我们也一起认真研究过，究竟跟本地用的"妈个卖麻皮"是不是一样东西。

上海人居然也骂粗话！了不起！

我们没过过他们的日子，我们没有"王先生"和"小陈"那么忙，那么热闹。我们成天看到的是山，是树，是河，他们呢？是洋房子。"看高房子不小心会掉帽子"，嘿！说这话的城里人真蠢！你不会按着帽子才看吗？

"三毛"不同。"三毛"完全跟我们一样。人欺侮人，穷、热、冷、累、打架，他成天卷在里头混，我们也成天卷在里头混。他头发虽然少了点，关系不大的。他比我们长得好！他可爱！像我们，满脑壳头发有卵用！

你别瞧"三毛"三笔两笔，临摹容易，自己画起来特别难；不信你试试看！这不是学的，是修炼出来的。

左边、右边，正面、侧面，上边、下边，怎么看都是他。又没有这么一个真人让写写生，完全靠自己凝神定位。

我们既然晓得世界上有个张乐平和许许多多同样是人的人，又晓得人和人虽然都要吃饭、吃猪脚和炖牛肉、喝汤，更晓得人和人是多么不一样。

有一天，我跟同班吉龙生的爹、正街上蒸碗儿糕的吉师傅，论到这个问题。

"你晓不晓得张乐平画的三毛？"

"卵三毛！"他说。

"你晓不晓得三毛是一个人凭空画出来的人物？"

"晓得有卵用？又不当饭！"

"猪也吃饭，狗也吃饭……"

"兔崽子！你不滚，老子擂你！"他追出来。

我觉得他这种人是无可救药了，决定不救他。

自从我每天画漫画以来就觉得自己开始高级。先是画周围人的样子。我父亲有个大胖子好朋友叫作方季安，一脸烂麻子，虽然是军法官，却是个非常和气的伯伯。

我在马粪纸上画了他的全身像，然后周身剪下来，让三岁的弟弟拿去堂屋让他们看。

爸爸首先大笑，叔叔伯伯们也大笑，送到方麻子伯伯面前。方伯伯也咧嘴大笑，一边笑一边骂：

"准是'大蠢棒'（这当然指的是我，我排行第一）画的！叫他来，看老子军法从事！"

爸爸事后翻着《时代漫画》时顺口告诉我：

"你画方伯伯像是像，神气不够。你看看人家张乐平的三毛和周围的那些人，一个是一个的动作，神气，表情，各有各的样子。不能只是像。"

像已经不容易，还要动作，还要神气，爸爸呀，爸爸！你以为我是谁？

我有时没有纸；这里的纸只是毛边纸、黄草纸和糊窗子的小北纸，临摹带色的漫画是用不得的，起码要一种印《申报》的报纸。这种纸，纸店不常来；来了，我碰巧把钱吃了东西，只好对着铺子干瞪眼。要知道，做人家儿子时期，经济上总是不太松动的。到第二天省下零用钱赶去买纸，纸却卖光了。

《时代漫画》和《上海漫画》里头还登有好些外国画家画的画，墨西哥、法国、德国、英国、美国……我不懂。我不敢说它不好。奇奇怪怪的眼睛和脑袋，乱长的嘴巴，说老实话我有点怕，像推开一线门缝似的，我往往只掀开半页纸偷偷地瞟它两眼，很快地翻过去。我明白这是长大以后的画家看的东西，是有另外的道理的。

有一天，我忽然在《良友画报》上看到三四个人在海滩上赛跑的照片。打赤膊，各穿一条短到不能再短的裤子，没命地跑着。题目是《海滨之旅》。小字印着左起叶浅予，张乐平，梁……梁得所……（梁得所是谁？干什么跟着跑？）

远是远，不过都能理清面目。这三个家伙长得都他妈的俊；叶浅予高大像匹马，还有撮翘翘胡子；张乐平的鼻子、额头上撮起的头发都神气之极，像只公鹿；梁得所腰上有根细细的白带子跟着飘，像个洋神仙。

他们都这么漂亮。他们不好好画漫画，到"海滨"来"之旅"干什么？

画漫画的都要长得这么漂亮那就难了！我长大以后肯定办不到！我也不好意思穿这么窄的短裤让人照相，万一"鸡公"露出来怎么得了？

这倒要认真考虑考虑了，长大后到底画不画漫画？

不过，画"王先生""小陈"的叶浅予是这么副相，张乐平是那么副相，我可见到了。我会对街上的孩子和同学说：

"考一考你们！叶浅予、张乐平长得是什么样？"

我又说：

"……不知道吧！我知道！他们长得比你们所有的这帮死卵都漂亮！"

抗战了，打仗了，我在福建南方。学校搬到山里头。

学校图书馆不断有新书、报纸、杂志、画报寄来。

《西风》《刀与笔》《耕耘》《宇宙风》《良友》《人世间》《抗战木刻》《大众木刻》……记不住、说不完的那么多。

既然是抗战了，所以每时每刻都群情激昂，人声鼎沸。

接着图书馆里又涌来上海、武汉、香港、广州各个地区宣传中心寄来的漫画、木刻艺术的印刷品。

我们心中仰慕的那一大批漫画家都仿佛站在炮火连天的前线。每一星期都看到他们活动的消息、新的创作。

学校一位美术老师朱成淦先生帮我们写信给浙江金华的野夫和金逢孙先生，各人交了八角钱，入了中国木刻协会。从那时起，我们的艺术世界扩大了，懂得自己已经成为艺术小兵的价值。

除了伟大的叶浅予、张乐平这一帮"家"之外，还有陈烟桥、李桦、野夫、罗清桢、新波另一帮大"家"。

"漫木"的概念，就是"漫画"与"木刻"的合称。

学校有壁报。我们自觉已经长大，能够自己画出漫画和刻出木刻来。逢有游行和集会，也懂得赶忙把那些出名的漫画和木刻作品放大画在布上用来布置会场，或作游行旌旗招牌。

这么一直忙碌、兴奋，为了抗战我们就这么慢慢活着，长大。

张乐平和其他漫画家不同。别的漫画家难得见到速写功夫，张乐平时不时露几手速写。准确，生动，要害部分——比如眼神，手，手和手指连接的"蹼"的变化，全身扭动时的节奏，像京戏演员那种全身心的呼应。我既能从他的作品得到欣赏艺术的快乐，又能按他作品的指引去进一步观察周围的生活。

每一幅作品都带来一个惊讶和欢欣。他的一幅《打草鞋》

的速写，我从报上剪下来贴在本子上，翻着翻着，居然翻得模糊不清了（堪怜当年土纸印的报纸）。

他还画了一套以汉奸为主人翁的《王八别传》的连环画，简直妙透了、精彩透了！笔墨挥洒如刺刀钢枪冲刺，恨日本鬼，恨狗汉奸，恨得真狠！而日本鬼的残酷凶暴和狗汉奸的无耻下流也实在难找替身。

他想得那么精确传神，用笔舒畅灵活且总是一气呵成。看完这四幅又等待下四幅，焦急心情，如周末守候星期天，茫然心情是十天半月后的等待。

这种等待，这种焦虑，这种迫切的遗痕，在我今天的国画写意人物刻画和笔墨上随处可见。我得益匪浅。如有遗憾，那只是我当时年幼无知领会不深。

在学校，我有个读高中的同学李尚大。这人与宰相李光第是同乡。他是学校有数几个淘气精的偶像。胖，力气大，脾气好，能打架，有钱，而且是个孝子。

暑假到了，同学回南洋的回南洋，回上海的回上海，回广东的回广东，回四面八方的回四面八方，剩下七八个有各种理由不能回家的人留在学校。那么空荡荡的一座文庙，一出去就是街，就是上千亩荔枝、龙眼树，就是蓝湛湛的一道河流，漫无边际的沙滩，太好玩了。

就缺个领导人。

当然是李尚大。可惜他也要回去。他家离城里百八十里。他常邀请一二十个高中同学步行回家。我们想去，不准！嫌小，半路上走不动怎么办？

他家是我们想象中的"麦加"，听说房子又好又大，住五六十人也不要紧。妈好，煮饭给大伙吃，从不给儿子开小灶，一住就是一两个月。像是大家的妈。

忽然听说他这个暑假不回家。

你想我们多高兴？他胖，怕痒，我们一拥而上挠他的痒，他要死要活地大叫，答应请我们吃这个那个。

我们是他的"兵"，他出淘气的主意，我们执行。他会讲出其不意的故事，一句一句非常中听。

听说他妈梅雨天气放晴之后，就会在大门口儿亩地宽的石板广场上搬出一两百个大葫芦，解开葫芦腰间的带子，一剖两半爿，抖开全是大钞票。她晒这些发霉的钞票。

想想看，又有钱，又会打架，又喜欢跟我们初中生在一起，脾气又好，我们怎能不服？

晚上，大成殿前石台上一字排开，他教我们练拳脚、拉"先道"、举重……我想，他也自我得意，也喜欢我们，要不，干吗跟我们在一起？

有年开学不久，祸事来了。学校一个教员在外头看戏跟警察局长太太坐在一排出了点误会，挨打后鼻青脸肿逃回学校，让大同学们知道了。这还了得？打我们老师！出去将警察局巢穴踏了，局长、股长……齐齐整整、一个不漏地受到一两个月不能起床的"点化"。

事情闹大了。政府有政府的理，学校有学校的理。架，是帮学校打的；打警察及诸般人等又是违法行为。学校的后台硬，政府说到底也奈何不得，做了个"面子"行动，开除三个同学，一个是坐在我后边课桌的同班同学，两个高中生，其中之一是李尚大。

学校这么做，人情讲不过去吧！开除这三个同学布告贴出，接着是为他们开了个欢送会。

李尚大走得静悄悄，几天后我们才知道。可以想象，多么令人惆怅！

就那么走了！一走五十年我们才再见面，这是后话，且按下不表。

李尚大走的第二年，我也打坏了人，头上流血，有三个伤口。这一场架一不为祖国，二不为学校，百分之百地为自己；学校姑念是"战区学生回不了家"，"两个大过、两个小过，留校察看"。

我原本就不喜欢读书，成天在图书馆混，留了无数次级已经天地一沙鸥似的落寞，再加上来这么个仅让我留一口气的处分，意思不大了，人已经十五六岁，走吧！就这么走了。

……这个李尚大在哪里呢？他不可能再念书了吧。方圆一千里地的著名中学他哪间没念过？那么，找到他岂不是没一线生机？他四方云游去了，找不到了。此念绝矣！

世界上还有谁呢？

张乐平！

认识张乐平吗？当然认识！那么多年，熟到这份程度，怎能说不认识？只可惜他不认识我。

报纸上说他在江西上饶漫画宣传队当副队长，叶浅予走后他当正队长。找到他，不让我当队员当个小兵也行。他没有什么好怕的嘛！我又不会抢他的队长位置。

江西上饶怎么走法？有多远？钱不钱倒是不在乎，我一路上可以给人画像、剪影，再不，讨饭也算不得问题吧？又没家乡人在周围。我如进了漫画宣传队，就像外国人爱唱的那两句：

"到了拿波里，可以死了！"

张乐平这人也怪，几年来，他一下这里，一下那里，先是南京，后是武汉，又是江西上饶三战区，一下金华，一下南平，一下梅县，一下赣州，也不知是真还是假。我如果下决心跟着追下去，非累死不可！于是老老实实在德化做了两年多的瓷器工人，在泉州和仙游做了两年多战地服务团团员，半年小学教员，半年中学教员，一年民众教育馆美术职员。这几年时间里，画画、刻木刻、读书、打猎、养狗、吹号、作诗，好像进了个莫名其妙的大学，人，似乎是真的长大了。懂了不少事，凭刻木刻画画的身份，结识许多终生朋友。

稍微稳定之后又想动，好朋友帮我设想一个方案："军管区有团壮丁要送到湖南去，你不如跟他们一起去，虽然说步行三个省路程稍微远了点，你省钱啦！一路上有个伴啦！先回老家看看爹妈，歇歇脚，再想办法到重庆去，那近多了是不是？到重庆后有两个方案，一个是进徐悲鸿的美术学院，一个是设法到延安去，那地方最适合你，到时候我再帮你忙。我这里有三封信，江西赣州剧教队曾也鲁、徐洗繁一封，长沙一封，重庆一封，你要放好。事情是说不定的，若到半路上出意外，你就留在赣州剧教队。赣州是两头的中间，留下来也未尝不可，到时候再说吧！"

从永春县出发，凄风苦雨开始，一千里？二千里？三千、四千、五千难计算，就靠两只脚板不停地走。那时候，两眼务必残忍，惨绝人寰的事才吞得下去，才记得住。半路上，营长、连长开始在我背后念叨，指指点点。非人生活，壮丁急剧减员；看那些眼神和阵势，似乎是要热烈邀请我参加壮丁队的行列。此时不走更待何时？

教育部剧教二队在赣州城边的东溪寺。

为什么一个演剧队会驻扎在寺里头呢？因为它根本不像个寺；毫无寺的格局和章法。东一块、西一块，顺逆失度，起伏莫名，不知是哪位粗心和尚的蹩脚木匠朋友的急就章。正如北京人常说的一句话："瞧哪儿哪儿都不顺眼。"没一间正经房子，没一个正经角落，楼梯不像楼梯，板墙没板墙样子，天井不像天井。绝望之至，霉得很。

幸好剧团的人都有意思，极耐看。

和我有渊源的是徐洗繁兄嫂；算得上老熟人的陈庭诗（耳氏）兄；谈得来的是殷振家兄、陆志庠兄。我在队里太小，无足轻重，是个见习队员。实在说，根本没有我做得了的事。留下我，是看那两封信的面子，小小善举而已。

耳氏打手势告诉我，张乐平也在赣州。

"啊！"我像挨电击一样。

他又打手势说："就住在附近伊斯兰小学里。"

"啊！"我又来了一下。

一天之后，耳氏带我到张乐平家。

从东溪寺出大门左拐，下小坡，走七八步平坡，再下小坡，半中腰右手一个小侧门，到了。

穿过黑、臭、霉三绝的"荒无人烟"的厨房，下三级台阶，左手木结构教室和教室之间有一道颇陡的密封长楼梯直上张公馆——一间小房。

第一次见到乐平兄嫂的心情，我已在慌乱中遗失了。好像我前辈子就认识他们；我心底暗暗地问他们：我找了你们好多年，你们知道不知道？他们两位的样子完全就是我想象中应该长的那个样子。在这个家中，我满脑、满胸的融洽。

周围是木板墙，小桌子，双人床，一张在教堂结婚的盛装照片（后来才说明那是用一张洋人照片改的），两张为中茶公司设计的广告，一个小窗。

后来我送了一副福建仙游画家李庚写的对联给他：

雨后有人耕绿野，
月明无犬吠花村。

他挂在中茶公司广告边上。

几个月间我常常上他们家去。有两个跟我年纪差不多的朋友也常去串门，一个名叫高士骧，一个名字忘了。小高的笑貌至今仍是我们珍贵的想念。（小高你在哪里？）

那时候的老大哥、前辈，很少像今天这样有许多青年围绕帮忙。老一代的也很年轻，日子艰苦但身心快乐。年轻人对于贤达的尊敬很学术化，很单纯。对国难家仇和蒋介石的蔑视，大处看，是种毫不怀疑的凝聚力量。在群众生活的小处，即使曾经有过龃龉，上门骂娘，楼上楼下吵架，至今回忆，怨仇消融殆尽，只剩下温馨和甜蜜；连当年最遭人嫌弃的家伙，也仿佛长着天使的小翅膀在脑门前向你招手微笑。流光倏忽并非时人宽宏大量，而是上天原宥这些苦难众生。

乐平兄逝世很令我奇怪，其实活了八十几岁已经很不简单。我只是说，乐平兄怎么会变成八十几岁？就好像我有时也想自己怎么会一下子七十多岁一样。一切都活在永远的过去之中。

有人说，抗战时期，某某人如何如何受苦；有的人自己也说，如何如何受苦。他忘了，抗战时期，谁不受苦？幸福这东西才不公平；苦难却总是细致摊在大家肩上。

乐平兄在人格上总是那么优雅。没叫过苦，没见过他狂笑失态，有时小得意时，大拇指也跷得恰到好处，说一句："这物事邪气崭格！"

我这人野性得很，跟着他却是服服帖帖。那时，我没有什么值得他称赞的。不知怎么心血来潮，用泥巴帮殷振家兄做了个可以挂在墙上的漫画人像，还涂了颜色和微微发亮的鸡蛋清。乐平兄看了似乎是在为我得意，平举着我那作品，斜眼对振家兄说：

"侬哪能生得格副模样？勿是一天两天工夫格……"

再回过头对我说：

"哪！侬把我副尊容也做一个！好？"

我一两天就做好了，送去伊斯兰小学。他见了很开心：

"喝！喝！喝！"又是平举起来眯着眼睛看：

"侬哪能搞起这物事来格？侬眼睛邪气厉害，阿拉鼻子歪格浪一挨挨也把侬捉到哉！"

他真的在墙上钉了小钉子，像挂上了。

过了半个月或是一个月，耳氏打手势告诉我，乐平反手做一个特别的动作，碰断了漫画像的鼻子，再也补不起来，很懊恼，偷偷把它藏起来了。

记得他那时也画三毛。我不记得什么地方、什么报纸用的。他坐在窗子边小台子旁重复地画同样的画稿。一只手拐不自然重画一张，后脑部分不准确又画一张，画到第六次，他自己也生起气来。我说：

"其实张张都好，不须重画的。"

他认真了，手指一点一点对着我，轻声地说：

"侬勿可以那能讲！做事体要做透，做到自家吭乜话讲！勿要等人家讲出来才改，记住啦杭！"

一次雏音大嫂也告诉我，他画画从来如此，难得一挥而就。

这些话，我一直用到现在。

乐平兄和我比起来是个富人，他在中国茶叶公司兼差。不过他一家是四个人，所以我比他自由。

他有时上班前到东溪寺找我，在街上摊子喝豆浆吃油条糯米饭。我有一点好处，不噜苏，不抢着说话；自觉身处静听的年龄，耳朵是大学嘛！

晚上，他也时常带我去街上喝酒。

大街上有这么一间两张半边桌子的炖货店，卖些让我流口水的炖牛肚，以及各种烧卤酱肉。隔壁是酒铺。坐定之后，乐平兄照例叫来一小碟切碎的辣味炖牛肚，然后颤巍巍地端着一小满杯白酒从隔壁过来。

他说我听，呷一口酒，舒一口气，然后举起筷子夹一小块牛肚送进嘴里，我跟着也来这么一筷子。表面我按着节拍，心里我按着性子。他一边喝一边说；我不喝酒，空手道似的对着这一小碟东西默哀。第一杯酒喝完了，他起身到隔壁打第二杯酒的时候，机会来了，我两筷子就扫光了那个可怜的小碟子，并且装着这碟东西像是让扒手偷掉那么若无其事。

他小心端着满盛的酒杯，待到坐下，发现碟如满月明光，怆然而曰："侬要慢慢嚼嘛，嗬！"

然后起身，走到炖锅旁再要了一碟牛肚。他边喝边谈，继之非常警惕我筷子的动向。

事后我一直反复检讨，为什么不拉他的老伙伴陆志庠而拉我陪他喝酒呢？一、他受不了陆志庠的酒量；二、他受不了陆志庠的哄闹脾气。

带我上街的好处如下：

一、我不喝酒，省下酒钱。二、虽然有时筷子节拍失调，但是个可以教育好的子弟。三、我是个耐心聆听的陪酒人。四、酒价贵之，肚价贱多，添多一两碟，不影响经济平衡。

到了星期六，雏音大嫂要到几里外的虎岗儿童新村托儿所去接孩子。现在我已经糊涂了，到虎岗接的是老二小小，那老大咪咪是不是在城里某个托儿所或幼儿园呢？（七十多年以后回忆，不是接小小，是接咪咪。）

我没来赣州时，陪雏音嫂去虎岗有过好多人，木刻家荒烟啦！木刻家余白墅啦！木刻家陈庭诗啦！到后来剩下陈庭诗去得多了，我一来，代替了陈庭诗。陈庭诗是个重听的人，几里地路上不说话是难受的，何况我喜欢陪雏音大嫂走东走西，说说话，我力气大，一路抱小小胜任愉快。

那里托儿所办得好，有条理，制度严格。有一次去晚了，剩小小一个人在小床上吮脚指头。办手续的是位中等身材、穿灰色制服的好女子，行止文雅，跟雏音大嫂是熟人，说了几句话，回来的路上雏音嫂告诉我，她名叫章亚若，是蒋经国的朋友。听了不以为意，几十年后出了那么大的新闻，令人感叹！

乐平兄胆子特别、特别、特别之小，小到难以形容。雏音嫂觉得好笑，见多不怪，任其为之。

飞机警报响了，我和陈庭诗兄恰好在乐平兄家里聊夜天，九点多十点钟，他带着我和庭诗兄拔腿就跑。他的逃警报风采是早已闻名的，难得有机会奉陪一趟。他带路下坡，过章江浮桥，上坡，下坡；再过贡江浮桥，上坡，上坡，上坡，穿过漫长的密林来到一片荒冢之中，头也不回地钻进一个没有棺材的坟洞里去。自我安顿之后，急忙从坟洞里伸出手来轻声招呼我和陈庭诗兄进去，原来是口广穴，大有回旋余地，我听听不见动静，刚迈出洞口透透气，他蹩腔骂我：

"侬阿是想死？侬想死侬自家嘅事，侬连累我格浪讲？快点进来！"

我想，日本鬼子若真照张乐平这样战略思想，早就提前投降好几年了。漠漠大地，月光如水，人影如芥，日本鬼子怎么瞄得准你张乐平？他专炸你张乐平欲求何为？

后来才听说他胆小得有道理。在桂林，他跟音乐家张曙、画家周令钊和家人在屋里吃晚饭，眼看炸死了身边的张曙。怎么不怕？

雏音嫂带着孩子在家里，稳若泰山，好不令人感动。

后来我到赣州边上的一个小县民众教育馆工作去了。陆志庠在附近南康。日本打通了湘桂线，把中国东南切为两半。麻烦来了。

不到一年，日本鬼子占领赣州，宣布扫荡三南（龙南、虔南、定南），追得国民党余汉谋的七战区司令部大兵四处逃窜。真正是搞得周天火热。

逃难的比赶集的还热闹。这当口，谁都有机会见识日本兵未到、中国人自己糟蹋自己的规模景象了。说出来难以相信，在同一条道路上，混乱的人流有上下好几层，灾难是立体的。

我逃到龙南，遇见陆志庠兄，他说乐平兄和雏音嫂也在，我问："孩子呢？"他说："平安！平安！"

马上去看他们，原来在摆地摊，卖他们随身带着的衣物。乐平兄打着赤脚卖他那双讲究的皮鞋。

又碰见画家颜式，还有小高。

后来读到朋友写的回忆文章，说他们跟陈朗几个人开小

特级英国上等皮鞋，道森·旺牌

英國上等皮鞋五圓!!!

乐平卖皮鞋

饭店，我怎么不晓得？可能我还在信丰没赶上吧。有一天乐平兄异想天开，做了满满一缸炎夏解暑去火恩物——清甜藕粉蛋花汤。做法简单，煮一锅开水，打两个鸡蛋下去，放二两山芋粉一搅，加十几粒糖精即成。本小利厚，一碗若干钱，几十碗，你说多少钱？几十万逃难的，一人一碗是什么光景？一人两碗又是什么光景？东西做好，来了场瓢泼大雨，早上七点下到下午五点多，别说人，连鸭子也缩回窝里。天气闷热，眼看整整一聚宝盆妙物付之东流，便大方地请陆志庠、颜式和我痛喝起来。如果我是过路难民偶然来一碗喝喝，未尝不是解渴佳饮；但好端端坐着的三个人要一口气把整缸东西喝完，那就很需要有一点愚公移山的精神了。乐平兄还问我们：

"味道哪能？崭哦？"

颜式这人狡猾，连忙说：

"一齐来！一齐来嘛！叫阿嫂、孩子都来喝……"

陆志庠不知天高地厚：

"侬叫我伲光喝液体，也唔俾点硬点嘅实在物事吃吃——残忍！"

后来听说这缸东西真倒进街边沟里去了。其实早就该倒，免得一半装在我们肚子里。

不久乐平兄一家搭便车走了。记不得是去梅县还是长汀。

总是这样居无定所，像大篷车生涯浮浪四方。我们送车，他在卡车后头操着蹩脚京片子叫着：

"黄牛黄牛！年节弗好过，你赶到××找我伲！"（我诨名叫"黄牛"。）

车子太快，偏偏××两个字没听清楚……

再见面是一九四七年的春天了。

三毛在《大公报》连载，受到全国人民的爱戴。那时天气冷，三毛穿的还是单衣，女孩子们寄来给三毛打的小毛裤毛衣，而在画上，三毛真的就穿上这些深情的衣物。这些衣物也温暖着病中的乐平兄。

他住在几马路卖回力鞋之类铺子的二楼，在吐血。与人喝酒闹出来的。雏音嫂和孩子在嘉兴，不晓得知不知道。

有时碰碰头，陪他吃小馆子，喝酒。在那段时候，我没见到雏音嫂和孩子。听说他俩添了许许多多儿女，并且又收养了许许多多儿女，一个又一个，形成张冯兵团的伟大阵容。设想生儿养女的艰难，便明白这一对父母心胸之博大，他们情感落脚处之为凡人所不及。

一九四八年我离开上海经台湾到香港去了。再见乐平兄是在一九五三年的北京。他到北京开会，当然我们会在一起聚一聚，吃一点东西，喝喝茶。"相濡以沫"嘛！等到一搞运动，便又"不若其相忘于江湖"，这么往来回荡，轻率地把几十年时光度过了。

人死如远游，他归来在活人心上。

我有不少尊敬的前辈和兄长，一生成就总有点文不对题。学问渊博、人格高尚的绀弩先生最后以新式旧诗传世，简直是笑话。沈从文表叔生前最后一部作品是服饰史图录，让人哭笑不得；但都是绝上精品。乐平兄一生牵着三毛的小手奔波国土六十多年，遍洒爱心，广结善缘，根深蒂固，增添祖国文化历史光彩，也耗尽了移山心力。

我是千百万人中乐平兄的受益者之一。从崇拜他到与他为友半个多世纪，感惜他还有许多聪明才智没有使用出来。他的长处，恰好是目下艺坛忽略缺少之处。古人所谓"传神写照"，他运用最是生动流畅。不拘泥于照片式的"形似"，夸张中见蕴藉，繁复间出条理。……要是有心人作一些他与同行闲谈交往和艺术创作时的记录，积少成多，可能对广大自学者如我辈是一部有用自学恩物。

乐平兄有许多令人意想不到的精彩到家的巧思和本领。

一次在北京张正宇家吃饭，席上吃螃蟹他留下了壳，饭后他在壳盖纹路上稍加三两笔，活脱一副张正宇胖面孔出现眼前，令人惊叹！

熟朋友都知道他能不打稿一口气剪出两大红白喜事队伍，剪出连人带景的《九曲桥看乌龟图》。他的确太忙，这一辈子没有真正地到哪里玩过。去国外也不多，随的是代表团，难得尽兴。要是他健在多好！让我陪他和雏音嫂、绀弩、沈表叔、郑可诸位老人在我意大利家里住住，院子坐坐，开着车子四处看看、走走多好！这明明是办得到的，唉！都错过了。年轻人是时常错过老人的。

一梦醒来，我竟然也七十多岁了！他妈的，谁把我的时光偷走了？把我的熟人的时光偷走了？让我们辜负许多没来得及做完的工作，辜负许多感情！

一九九七年七月二十二日于上海

大雅宝胡同甲二号安魂祭

——谨以此文献给可染先生、佩珠夫人和孩子们

可染先生逝世了。离开他那么远，我很想念他，为他守几个钟头的灵，和他告别，看一眼他最后的容颜，不枉我们友谊一场。唉！可惜办不到了。

他比我大十六岁，也就是说，我回北京二十八岁那一年，他才四十四岁。那算什么年龄呢？太年轻了。往昔如梦，几乎不信我们曾经在那时已开始的友谊，那一段温暖时光。

一九五三年，我，带着七个月大的黑蛮，从香港回到北京。先住在北京北新桥大头条沈从文表叔家。按年代算，那时表叔也才四十五岁，真了不起，他那些辉煌的文学作品都是在四十五岁以前完成的。

在他家里住了不久，学校就已经给我安排好住处。那就是我将安居十年左右的大雅宝胡同甲二号。

第一个到新家来探望我们的就是可染夫妇。

一群孩子——二三十个大小不同的脸孔扒在窗口参观这次的探望。他们知道，有一个从香港搬来的小家庭从今天起将和他们共享以后几十年的命运。

可染夫妇给我的印象那么好！

"欢迎你们来，太好了！太好了！没有想到两位这么年轻！太好了！太好了！刚来，有什么缺的，先拿我们的用用！——你们广东人，北京话讲得那么好！"

我说："她是广东人，我是湖南人。"

"好！好！我们告辞了，以后大家在一起住了。"

接着是张仃夫妇，带着他们的四个喽啰。

以后的日子，我跟他们两家的生活几乎是分不开的。新的生活，多亏了张仃夫人陈布文的指引和照顾。

大雅宝五十米的胡同拐角有一间小酒铺，苦禅先生下班回来，总要站在那儿喝上两杯白酒。他那么善良朴素的人，一个重要的写意画家，却被安排在陶瓷科跟王青芳先生一起画陶瓷花瓶。为什么？为什么？至今我还说不出缘由。我下班时若是碰见他，他必定跟我打招呼，并得意地告诉酒铺的小掌柜：

"……这位是黄永玉先生，咱们中央美术学院最年轻的老师，咱们党从香港请来的……"

我要说"不是党请来的，是自己来的"也来不及。他是一番好意，那么真诚无邪，真不忍辜负他的好意。

董希文有时也让沙贝提着一个了不起的青花小提梁壶打酒。

那时尚有古风。还有提着一只盖着干净蓝印花布篮子的清癯中年人卖我们在书上见识过的"硬面饽饽"。脆硬的表皮里软嫩微甜的面心，一种寒冷天气半夜街头叫卖的诗意极了的小食物。

大雅宝胡同另一头的转角是间家庭面食铺，早上卖豆浆、油条、大饼、火烧、糖饼、薄脆，中午卖饺子和面食；后来几年的"资本主义改造"，停了业。有时街头相遇，寒暄几句，不免相对黯然，这是后话。

北京东城大雅宝胡同甲二号，是中央美术学院教员宿舍。

我一家的住处是一间大房和一个小套间。房子不算好，但我们很满足。我所尊敬的许多先生都住在同样水平而风格异趣的房子里。学院还有几个分布在东、西城的宿舍。

大雅宝胡同只有三家门牌，门口路面安静而宽阔，早百年或几十年前的老槐树绿阴下有清爽的石头磴子供人坐卧。那时生活还遗风于老北京格局，虽已开始沸腾动荡，还没有失尽优雅和委婉。

甲二号门口小小的。左边是隔壁的拐角白粉墙，右边一排老灰砖墙，后几年改为两层开满西式窗眼的公家楼，大门在另一个方向，而孩子们一致称呼它是"后勤部"大院，这是无须去明白的。

我们的院子一共是三进，连起来一长条，后门是小雅宝胡同。小雅宝胡同往西走几步向右一拐就到了"禄米仓"的尽头；"禄米仓"其实也是个胡同，省了"胡同"二字叫起来原也明白。只是叫"大雅宝"和"小雅宝"时却都连着"胡同"，因为多少年前，前后胡同出了大小哑巴的缘故。

禄米仓对我们的生活很重要。那里有粮店，菜站，油盐酱醋，猪、牛、羊、鸡、鸭、鱼肉店，理发店，和一家日用杂货店。还有一座古老的大庙，转折回环，很有些去处。可惜主殿的圆形大斗穹，听传说被旧社会好事贪财、不知轻重的人卖到美国波士顿博物馆去了。更听到添油加醋的传说，那些大斗拱材料被编了号，一根不多、一根不少地存在仓库里，根本没有高手能把它装配起来。我们当时还很年轻的国手王世襄老兄恰巧在那儿，得到他的点化，才在异邦重新跟惊讶佩服的洋人见了面。

那座庙是个铁工厂，冶炼和制造马口铁生活用具，油烟和电焊气味，冲压和洋铁壶的敲打，真是古联所云"风吹钟声花间过，又响又香"的感觉。

甲二号宿舍有三进院子。头一个院子，门房姓赵，一个走失了妻子的赵大爷带着十二岁的儿子大福生子、八岁的儿子小福生子和一个十四五岁的女儿。女儿乖，大小儿子十分创造性地调皮。

第二家是单身的陆大娘，名叫陆佩云，是李苦禅先生的岳母。苦禅、李慧文夫妇和顽皮的儿子李燕、女儿李健住在隔壁。门口有三级石阶，面对着一块晾晒衣服的院子。路过时运气好，可见苦禅先生练功，舞弄他那二十多斤重的纯钢大关刀。

第三家是油画家董希文，夫人张连英是研究工艺美术的，两夫妇细语轻言，沉静而娴雅。大儿子董沙贝，二儿子董沙雷，小女儿董伊沙跟我儿子同年。沙贝是个"扭纹柴"，小捣蛋；沙雷文雅。我买过一张明朝大红木画案，六个人弄了一个下午还不能进屋，沙雷用小纸画了一张步序图。"小娃娃懂得什么？"我将他叱喝走了。大桌案露天放了一夜。第二天，老老实实根据沙雷的图纸搬进了桌子。沙雷长大后是个航空方面的科学家。沙贝在日本，是我一生最中意的有高尚品位的年轻人之一。我们一家时时刻刻都想念他，却一直不知道他生活得怎么样。

第四家是张仃和陈布文夫妇。张仃是中国最有胆识最有能力的现代艺术和民间艺术的开拓者。他身体力行,勇敢、坦荡、热情而执着地拥抱艺术,在五十年代的共产党员身上,散发着深谷中幽兰似的芳香。夫人陈布文从事文学活动,头脑黎明般清新,有男性般的愤世嫉俗。和丈夫从延安走出来,却显得十分寂寞。布文是"四人帮"服法以后去世的,总算解开了一点郁结;可惜了她的头脑和文采。

数得出他们的四个孩子:乔乔,女儿;郎郎,大儿子;大卫,二儿子;寥寥,三儿子,跟我们的关系最好。寥寥跟我儿子黑蛮同在美术学院托儿所低级班,每天同坐一辆王大爷的三轮车上学,跟儿子一起叫我妻子作"梅梅妈妈"。想到这一些事,真令人甜蜜而伤感。

大卫沉默得像个哲学家,六七岁,有点驼背,从不奔跑打闹。我和他有时静悄悄地坐在石阶上,中午,大家午睡,院子静悄悄,我们就谈一些比较严肃的文学问题。他正读着许多书。

郎郎是一个非常纯良的孩子。他进了寄宿学校,星期天或寒暑假我们才能见面。他有支短短的小竹笛,吹一首叫作《小白帆》的歌。他善良而有礼,有时也跟大伙儿做一种可原谅的、惊天动地的穿越三大院的呼啸奔跑。一般地说，他很含蓄，望着你，你会发现他像只小鹿，一对信任的、鹿的眼睛。

妻子曾经说过，写一篇小说，名叫《小白帆》，说这一群孩子"将来"长大的合乎逻辑的故事。不料匆忙间这些孩子长大了，遭遇却令我们如此怆然。

郎郎在"文革"期间脚镣手铐押到美术学院来"批斗"，大会几天之后分组讨论枪毙不枪毙他。我难以忍受决定孩子生死的恐怖，我逃到北海，一进门就遇到王昆，她的孩子周七月那时也要枪毙。我们默默地点了头，说声"保重"，擦身而过。那天雪下得很大，登临到白塔山上，俯览尘寰，天哪！真是诉不尽的孤寂茫漠啊！

乔乔原在儿童剧院，后来在云南，再后来到国外去了。一个女孩走向世界，是需要强大的勇气和毅力的。她开阔，她对付得了！

只有那个沉默好学的大卫，自从上山下乡到了庐山之后，近二十年，一直没有过下山的念头。他是几十万分之一的没有下山者。我许多年前上庐山时找过他，那么超然洒脱，漠漠于宁静之中。

他们家还有一位姨娘，是布文的姐姐。她照顾着幼小的寥寥，永远笑眯眯，对一切都满怀好意。

过了前院还不马上到中院。中间捎带着一个小小天井。两个门，一门曲曲折折通到张仃内室，一个是张家简陋的厨房。说简陋，是因为靠墙有个古老的长着红锈的浴盆，自来水管、龙头阀门一应齐全，通向不可知的历史那里。它优越而古老，地位奇特，使用和废弃都需要知识和兴趣，所以眼前它担任一个很谦虚的工作——存放煤球。

中院第一家是我们，第二家是工艺美术家柳维和夫妇和他们又小又胖的儿子大有，第三家是程尚仁夫妇，也是工艺美术家，女儿七八岁，清秀好看，名叫三三；三四岁的儿子，嗓门粗而沙，大眼睛，成天在屋子里，让我把他的名字也忘了。

一个大院子，东边是后院袁迈夫妇的膳房，隔壁还有一大一小的屋子住着为袁迈夫妇、后来为彦涵夫妇做饭的、名叫宝兰的女青年。

院子大，我在李可染开向我们中院的窗前搭了个葡萄架，栽了一大株葡萄藤。在底下喝茶吃饭有点"人为的大自然诗意"。

然后钻进左手一个狭道到了后院。东南西北紧紧四排房子。不整齐的砌砖的天井夹着一口歪斜的漏水口。左边再经一个短狭道到了后门。

南房一排三间房子，两间有高低不平的地板，一做卧室，一做客厅；另一间靠东的水泥地的窄间是画室，地面有两平方尺的水泥盖子，过去是共产党地下工作人员藏发报机的秘密仓库，现在用来储放大量的碑帖。每间房的南墙各有一扇窗，透过客厅的窗可看到中院我栽的葡萄和一切活动。

这就是李可染住了许多年的家。

西边房子住着可爱可敬的八十多岁目明耳聪快乐非凡的可染妈妈李老奶奶。

东房住着位姓范的女子，自云"跟杜鲁门夫人吃过饭"。她爱穿花衣，五十多岁，单身。

北房原住在前面说过的袁迈一家，他们有三个孩子，大儿子袁季，二儿子有点口吃的叫袁聪，三女儿可爱之极，名叫袁珊，外号"胖妹妹"，和我儿子也是同年。袁家的两个儿子长得神俊，规矩有礼，也都成为我的喽啰。后来工艺美术系扩大为中央工艺美术学院，属于这个系统的人才都搬走了。搬走之后住进一家常浚夫妇，原在故宫工作，新调来美院管理文物。他们家的孩子也是三个，十五六岁的大男孩叫万石，二儿子叫寿石，三女儿叫娅娅，都是很老实的脾气。常家还带来一位约莫八十来岁的驼背老太太做饭，从不跟人多说句话，手脚干净而脾气硬朗，得到大家暗暗尊敬。

黄叔叔带大雅宝的孩子在动物园郊游

隔壁有间大房，门在后口窄道边，原住着木刻家彦涵、白炎夫妇和两个儿子，大的叫四年，小的叫东东。四年住校，东东住托儿所。四年是个温顺可人的孩子，跟大福生子、李燕、沙贝、沙雷、郎郎、袁季等同龄人是一伙。东东还谈不上跟大家来往，太小。

彦涵后来搬到鼓楼北官坊那边去了。接着是"反右"，这位非常杰出的木刻家对几十年来所受到的委屈，倒是一声不响，至今七十多岁的人，仍然不断地创造崭新风格的动人而强大的作品。

彦涵走了以后搬来陶瓷大家祝大年夫妇和三个孩子。大的叫毛毛，小的叫小弟，更小的女儿叫什么，我一时想不起来。小弟太小，毛毛的年龄在全院二十多个孩子中间是个青黄不接的七岁。大的跟不上，小的看不起，所以一个人在院子里走来走去，或是在大群孩子后面吆喝两声。他是很聪明的，爸爸妈妈怕他惹祸，有时关他在屋子里，便一个人用报纸剪出一连串纸人物来，精彩到令人惊讶的程度。

祝大年曾在日本研究陶瓷，中国第一号陶瓷大师，一位有意思极了的人。好像身体虚弱，大热天肚脐眼到胸口围上一块仿佛民间年画上胖娃娃身上的红肚兜，其实能说能笑，不像有病的样子。可能是漂亮夫人细心照顾、体贴入微的部分表现。

有一天夫人不在家，吃完午饭，祝大年开始午睡。那位不准外出的毛毛一个人静悄悄地在地板上玩弄着橡皮筋，一根根连成十几尺的长条。祝大年半睡半醒，蒙眬间不以为意，眼看着毛毛将长条套在一个两尺余高的明洪武釉里红大瓶的长脖子上，跪在地上一拉一拉，让桌上的瓶子摇晃起来。说时迟那时快，大瓶子从桌上落在地面，这个价值连城的瓶子发出了心痛的巨响，祝大年猛然清醒已经太迟……虽然他是位大藏家，仍肯定会长年地自我嘲笑这件事。

祝大年就是这样一个人，一辈子珍惜的东西他也看得开，精于欣赏，勇于割舍。我不敢问起"文革"以后他那些藏品哪里去了。他曾经是个大少爷，见得太多，豁达成性，大概无所谓……

大雅宝甲二号的夜晚各方面都是浓郁的。孩子们都躲进屋子，屋子里溢出晚饭的香味，温暖的灯光混合着杯盘的声音透出窗口，院子里交织着甜蜜的影子。这是一九五三年，春天。

和可染先生夫妇最后一次见面是在今年年初的一个什么会上。我给了他几支英国水彩赭石颜料，这东西画人物皮肤很见效，比眼前的中国颜料细腻。他一直是相信我的话的，但没有机会听到他说是否好用的消息了。

对于他们的孩子，我几乎是他们的真叔叔。尊敬，信赖。猛然遇见我时会肃立认真地叫一声"叔叔"。大雅宝的孩子长大以后都是这样，这不是一般的关系。郎郎、大卫、寥寥、毛毛、小弟、沙贝、沙雷、依沙、袁季、袁聪是这样，小可、李庚更是这样。我们混得太熟、太亲，想起来令人流泪。

"文革"以后除了被国家邀请与作人、淑芳先生夫妇，可染、佩珠先生夫妇，黄胄老弟夫妇住在一个好地方画任务画之外，记得只去过可染先生家一次。

为什么只一次？只是不忍心。一个老人有自己特定的生活方式、创作氛围，一种艺术思路的逻辑线索。不光是时间问题。客人来了，真诚地高兴；客人走了，再回到原来的兴致已不可能。不是被恶意地破坏，不是干扰，只是自我迷失。我也老了，有这种感受，不能不为他设想。

不过十年以来，倒是在我们家有过几次聚会。那是因为两个孩子都在国外，放暑假回家，请伯伯、伯母们吃一次饭。照例约请可染夫妇，作人夫妇，君武夫妇，苗子、郁风夫妇，丁井文老兄，周葆华老弟，间或木刻家李少言兄和一些偶然从外地来的好朋友。梅溪做的菜在诸位心目中很有威信。大家一起也很好玩，说笑没有个尽头。到了晚上九点十点，车

与友人聚会中，左起吴作人、黄永玉、宋琪、华君武、萧淑芳、李可染、周佩珠、丁景文、黄黑妮、张梅溪

子来接他们回家了，都不情愿走，可染和作人两位老人还比赛划拳，谁输谁先走。一次杨凡老弟恰巧也在，照了不少相片。

"世上无不散的筵席"。孩子都长大了，伯伯、叔叔们一天天老去，虽明白这是常规常理，却不免感慨怆然。

和可染先生夫妇多次谈到大雅宝胡同的每一件零碎小事，他们都那么兴奋，充满快乐的回忆，说我的记性好，要我快些写出来。当然，他们是希望通过我的回忆重温那一段甜美的生活的。我答应了，我以为可染先生会起码活到九十岁，"仁者寿"嘛！不料他来不及看我的这些片段了。惟愿有一天把这篇文章祭奠在他的灵前……

当然，我还要请读者原谅我这篇文章的体例格式。我是为了活着的李可染而写的，是我们两家之间的一次聊天，回忆我们共同度过的那近十年的大雅宝胡同甲二号的生活。一九五六年我在上海《文汇报》用江纹的笔名发表了一篇谈叶浅予先生的文章时，人家问起他，他就说："是大雅宝那边的人写的！"

"大雅宝胡同甲二号"不是一个画派，是一圈人，一圈老老小小有意思的生活。老的凋谢，小的成长，遍布全球，见了面，免不了会说：

"我们大雅宝"如何如何……

大雅宝于今"走"的老人多了！苦禅、希文、袁迈、尚仁、常浚、布文，现又添了个可染。

听说佩珠栽的那棵红石榴树已经长成了大树。四十年过去，经历了那么多的忧患。恐惧能使生命缩短，难怪"文革"那些不幸的日子觉得过得快。其实，"四人帮"垮台之后的日子也快。那是我们解放以来从来未有过的真的笑，真的舒坦的好日子。树若有知，会记得这段漫长的甘苦的。

因此，不能不先写写我们大院子所有的人和生活。李可染活动在我们之中。文章点到那里，才知道是个什么意思。

那时的运动一个接一个，人们的情绪饱含着革命的内容，一肚子、一脑子的激情。交谈都离不开这些主题。与其说是虚伪，不如说是幼稚蒙昧再加上点恐惧更来得确切。像各人躲在自己的帐子里互相交谈，免不了都隔了一层。因为习惯了，一点也不觉得不好意思。但和李可染相互的谈话都是艺术上的探讨，我又说得多，大家直来直去，倒得到无限真诚的默契。

也有很多机会听他谈齐白石。他谈齐白石，是真正原味的、不加味精香料的齐白石，这么一来，倒非常之像他自己。

他第一次见齐白石是带了一卷画去的。齐见到李，因徐悲鸿的介绍，已经是越过一般礼貌上的亲切，及至他读到李的画作，从座位上站起来，再一张一张慢慢地看，轻轻地赞美，然后说："你要印出来！要用这种纸……"

于是他转身在柜子顶上搬出一盒类乎"蝉翅宣"的纸来说："这种！你没有，我有，用我这些纸……"

他明显地欣赏可染的画。齐九十岁，可染才四十刚出头。后来李对齐产生拜师的动机，是对齐艺术的景仰，并且发现这位大师的农民气质与自己某些地方极其相似。已经不是什么常人的亦步亦趋的学习，更无所谓"哺乳"式的传授。一种荣誉的"门下"；一种艺术法门的精神依归。

可染精通白石艺术的精髓。他曾经向老人请教"笔法三昧"。老人迟疑地从右手边笔堆中拈起一支笔，注视好一会儿，像自言自语地说："……抓紧了，不要掉下来！"可染不止一次告诉我这个故事。他也没有向我分析这句话的心得。

"抓紧了，不要掉下来"之外，还有重要的秘诀吗？没有了。世上有抓笔的秘诀吗？老人没有说；只是提醒他这个弟子，如果"掉下来"，就不能画画。抓紧，不掉下来，怎么拿笔都行。笔，不能成为束缚自己的枷锁。笔是一种完成有趣事物的工具；一匹自由的乘骑。白石一辈子的经验就是"法无定法"，"道可道，非常道"。可染不言，意思就在这里。可染不是孺子，不是牛犊。白石论法，是看准了这个火候已足的弟子的。

第一次拜见白石老人是可染先生带去的。

老人见到生客，照例亲自开了柜门的锁，取出两碟待客的点心。一碟月饼，一碟带壳的花生。路上，可染已关照过我，老人将有两碟这样的东西端出来。月饼剩下四分之三；花生是浅浅的一碟。"都是坏了的，吃不得！"寒暄就座之后我远远注视这久已闻名的点心，发现剖开的月饼内有细微的小东西在活动；剥开的花生也隐约见到风动着的蛛网。这是老人的规矩，礼数上的过程，倒并不希望冒失的客人真正动起手来。天晓得那四分之一块的月饼，是哪年哪月让馋嘴的冒失客人干掉的！

可染先生介绍了我，特别说明我是老人的同乡。"啊！熊凤凰熊希龄你见过了？"老人问。

"我没能见到；家祖是他的亲戚，帮他在北京和芷江管过一些事，家父年轻时候在北京熊家住过一段时间。"

"见过毛夫人？"

"没有。"

"嗯！去过湘潭？"

"真抱歉，我离开家乡时年纪很小，湖南本省走的地方反而很少！"

"歉么子？我也没有去过凤凰县城！"

075

大家笑起来，老人也微微翘了翘嘴，自得这小小的"反扣"。

然后我们就吃螃蟹。螃蟹是可染先生提醒我去西单小菜市场买的。两大串，四十来个。老人显然很高兴，叫阿姨提去蒸了。阿姨出房门不久又提了螃蟹回来："你数！"对老人说，"是四十四只啊！"老人"嗯"了一声，表示认可。阿姨转身之后轻轻地嘀嘀咕咕："到时说我吃了他的……"

老人一生，点点积累都是自己辛苦换来，及老发现占便宜的人环绕周围时，不免产生一种设防情绪来保护自己。

人谓之"小气"。自己画的画不肯送人是小气；那么随便向人索画就是大方吗？不送一个人的画是小气；不送一千一万人的画也是小气吗？为这帮占小便宜的人鞠躬尽瘁、死而后已就是大方吗？

随便向人要画的中国传统恶习的蔓延已成为灾难。多少画家对这种陋习的抗拒，几乎前赴后继，是一种壮烈行为。

可染先生还提到老人学问的精博，记忆力之牢实。北京荣宝斋请齐老写"发展民族传统"六个横幅大字。老人想了几天，还问可染"天发神谶碑"拓片哪里可找？上头那个"发"字应该弄来看看。不久就看到了那个拓本，六个大字书就后挂在荣宝斋当年老屋的过厅门额上。字是随意体，写得雄厚滋润之极，看得出其中的"发"字受到"天发神谶碑"中的"发"字的鼓舞，乘搭过气势，倒看不出其中任何一笔的模拟。这是齐白石之所以为齐白石的地方。

可染先生对齐白石不仅尽精神上弟子之礼，每月由中央美院发出的名誉教授的薪俸也由可染先生代领，亲自送去白石铁屋老人手中的。冬天来了，白石老人的家里就会打电话来问：学院为什么还不送煤来？

送薪俸到西城，有时可染带着小女儿李珠或小儿子李庚去，老人总要取一张小票子给孩子作为"糖果钱"。入情入理。充满温暖好意。

跟可染先生找齐老大约三次：一次吃螃蟹；一次在他女弟子家画像、拍照；一次是把刻好的木刻像送去请齐老题字。

我记得可染先生说过，唯一的一幅他与齐老的合照，是我拍的；同时我跟齐老合照的一幅当然是可染拍的了。我记得给过他一张，底片可能还在我家哪个抽屉里，得找找看。

一次除夕晚会，中央美院大礼堂有演出，李苦禅在京剧《黄鹤楼》中扮赵子龙。扎全套的靠，白盔白甲，神采飞扬。为白石老人安排了一张大软沙发在第一排座位的中间。男女学生簇拥着他一起看这场由他弟子挑大梁的演出。近一千人的礼堂坐得满满的。

锣鼓响处,赵子龙出场,几圈场子过后亮相,高粉底靴加上全身扎的重靠,已经累得汗流浃背、七上八下,于是报名时的"啊!常山赵子龙"就累成:

"啊!啊!常,常,常,常……"

齐老头笑得前仰后合,学生们、教职员工和家属孩子们登时也跟着大笑起来。

回到二号已经半夜十一时多,一路上我们几家人笑个不停,可染还学着苦禅拉开架子亮相,"啊!啊!啊!常!常!"苦禅也一路又笑又解释:"太,太累了!原先没想到那么吃力,到'报名'时弄得那副德行!幸好,幸好没搞那出《武松打虎》,那是场独角戏。要真搞,可有我的好看!"

几年之后,大家在一起时讲到这件事又大笑一场。那时真甜美,大家都那么年轻,全院子里只有很少的老人。

可染先生拉得一手好二胡。不是小好,是大好。

高兴的时候,他会痛痛快快地拉上几段。苦禅、常浚和可染夫人邹佩珠乘兴配上几段清唱。常浚的《碰碑》,苦禅的《夜奔》,邹佩珠的《搜孤救孤》,大家唱完了,要我来一段;一段之后又一段,头一段《独木关》,第二段《打棍出箱》。可染拉完之后满脸惊讶,用一种恐怖的口气问我:"你,你这是哪年的腔?高庆奎?刘鸿声?那么古?我琴都跟不上!"

我不知如何是好！小时候是跟着"高亭"和"百代"公司学唱的京戏，二十年代的事，怎清楚是谁？

有好些年我不敢对可染再提起京戏的事。

可染先生做学生的时候，杨宝森曾劝他别念"杭州艺专"，和他拉琴去，他不干。看起来他做对了。可惜这一手琴只落得配我们院子里的几口破嗓子的下场，实在太过可惜和浪费了。他有不少京剧界的老朋友，甚至是亲戚，如尚和玉、俞振飞、萧长华、盖叫天。

孩子们呼啸着把老头子搀进院子，又呼啸着把老头子搀扶出去。齐白石老人也来过好多次。他的到来，从前院到后院都是孩子们的呼啸："齐爷爷来了！齐爷爷来了！"

记得起的一次是他的一位女护士跑得不知所终，令他十分伤心而焦急；一次是过春节的信步所至；一次是因湘潭故乡来了一位七十多岁、无理取闹、在地上大哭大叫要钱要东西的儿子，他来找学生李可染帮忙解决困难。这一次在底衣里全身披挂着用布条缝上的小金块，托可染暂时帮他收存，以免那个"调皮的儿子"拿走。

可染先生夫妇总是细心料理齐老人这些乌七八糟的琐碎事，并以此为乐。

我喜欢干通宵的工作。我的画室和可染先生的画室恰好在一个九十度的东北角尖上。一出门抬头右看，即能看到他的活动。半夜里，工作告一段落时，准备回到卧室。走出门外，见他仍然在伏案练字，是真的照着碑帖一字一字地练；往往使我十分感动。星空之下的这间小屋啊！

他所谓的那个"案"，其实是日伪时期留下来的陈旧之极的写字台，上面铺着一张那个时代中年人都熟悉的灰色国民党军棉毛毯。说起这张毯子，很少人会知道，中间有一个很大的洞，是可染先生每天工作的毛笔和墨汁颜料"力透纸背"磨穿的洞。

白石先生逝世时，他和关良先生正在民主德国开画展。没能见上老人最后一面令他十分伤心，每次提起都叹息不止。

可染先生的妈妈是位非常好的老太太。八十多岁的人，满院和人聊天。要说些秘密的私房话时全院子都听得见。魁梧，满面红光，大声"哈哈"地笑，她和我们是知己，喜欢梅溪和孩子，喜欢喝我们家的茶。

她身体是这么好。因为满院乱走，一次面朝地狠狠地摔在黑过道里，引起了全院的大震动。一个八十多岁的老太太，这还得了？尤其她是那么让人衷心喜欢的老太太。急忙地送进医院。当我们从街上回来之后听到这个可怕的消息，都哭了，以为再不会见到她。

一个多星期，门外李奶奶大叫："黄先生！黄先生！黑蛮的爹！"我们真不能相信，脸上青一块紫一块的李老奶奶又哈哈大笑地进了门："黄先生！哈哈哈！没事。就是脸摔得难看，真不好意思见人，等好了才能上街，你看！"

记得有一年夏天的一个下午，我找李可染不知什么事，中院没有，他客厅和画室都没有，便掀开西屋李老奶奶的布帘子，猛然见到李老奶奶光着身子坐在大木盆里洗澡，吓得我往外便跑，只听见李老奶奶大笑大叫地说："黄先生！来吃奶呀！别跑呀！"

大家在一起说到那天的狼狈时，李老奶奶指着可染说："他都是吃我的奶长大的，你害什么臊？"

可染先生的生活在那些年是很清苦的。一家许多人口，母亲、孩子们和妹妹，以及一些必须照顾的亲戚。没有特别的嗜好，不喝酒，不吸烟，茶要求不高，唯一享受是朋友的来访。饭食也很将就，全由自己的亲妹妹想做什么就吃什么。

他不想惹事。谨慎、小心，大胆子全用在画画上。

他讲笑话的本领恐怕不是所有人都知道的。他讲的笑话简练、隽永、含蓄。说的时候自己不笑，别人反应出来大笑时，他才跟着一起大笑。我在别的文章曾经引用的一则笑话，就是他说的：

"一个胆小鬼遇见蛇，大吃一惊；另一个朋友说：'有什么好怕？它又不是青蛙！'"

在拳头上画一个脸，包上小手绢当头巾，然后一动一动，像煞活生生一个可怕的小老太婆，也是他教我的。

我们一起在首都体育馆看日本大相扑，周恩来总理也在场，仪式十分隆重。只是我个人不太习惯彼此回合太短，匆忙而就，倒是准备动作太多。回家后谈到这种感想时，可染先生也非常同意，于是他离开椅子表演出来：

"你看，这么对面来个骑马式，怒目金刚，以为要动手了，忽然松下劲来，各人在竹箩里抓一把盐，那么撒，这么撒，东撒，西撒，撒过了，拿花扇子的人又唱起来，又是对面来个骑马式，又是怒目金刚，以为要动手了，拿花扇子的人高举起扇子，发出几次怪声，以为要扑上去了，哈！又松下劲来，又去抓盐……

"好不容易等到真扭在一起的时候，'哗'的一声，出线就完，不到三秒钟！"

他是一边笑得满脸通红，一边做出像极了的动作，比观看真相扑有意思万倍。

我有时给他来一段麒麟童、程砚秋、言菊朋的模拟表演，他也笑得喘不过气。

他是一个细腻的幽默家，可惜他很少有时间快乐。他真像他所崇拜的"牛"，像一头只吃青草出产精美牛奶的母牛。

在记忆中，仿佛没见过他责骂孩子。

说到孩子，他三个孩子都令我十分喜欢。

小可长大之后当解放军，矮小，结实。多少多少年没见了，一次在校尉营转角处见到一个雄壮的全身武装的解放军战士，叫了我一声"黄叔叔"，行了一个军礼。"啊！小宝！是你呀！小宝。"我感动极了，我紧紧地抱住了他，忘记了对解放军应该的严肃和尊敬。小宝的官名叫"李小可"，他可能希望大家都不再叫他的乳名。好吧！我，黄叔叔试着办吧！

小可复员之后，在北京画院成为一个继承父业的、有父风的画师，同时照顾着自己越来越老的父母。有一个孩子在身边总是好的。

小妹我们仍然叫她小妹。她比黑蛮大好几岁，黑蛮从几个月开始就得由她陪着玩，用一条浴巾把他兜起来，与另一个常家姐姐娅娅一人抓一个角，摇来摇去甩着玩，唱着好听的儿歌。多少年前，她是个激进派，报名参加"上山下乡"去了远远的甘肃。可染夫妇眼看着她一个女孩子扛着包袱走了。一去十来年。费尽了移山心力把小妹接了回来，已是一个大女孩。我们的心里为她的归来高兴得暗暗发抖。她就是我们当年的小姑娘，留着两根蓬蓬的大辫子、红通通的脸蛋、大声吵吵跳着"猴皮筋"的李珠。她的归来使老人说不出地高兴。

记得我一九五三年由香港回美院工作的时候，版画系那时候叫版画科，中国画系叫彩墨画科。因为这两个系当时都不太起眼，彩墨画科都是些老家伙，版画科只有很少的人员，便合在一起进行政治学习。天气热，外面有一块白杨树的绿阴，学习会便在室外举行。这一个学习组有李可染、李苦禅、王青芳、蒋兆和、叶浅予、黄均、刘力上和陆鸿年，还有李桦、王琦、陈晓南和我。托儿所就在我们隔壁，孩子们也放出来在绿阴下活动，中间隔着一道活动的小栏杆。李珠那时在托儿所，她和所有孩子一样好奇地看着这一群老头子跟她的爸爸坐在一道。我刚从香港回来，穿着上可能让孩子们发现了一点什么新问题，一个孩子指着我说：

"这个小人穿一双小鞋。"

我听这句话几乎哭笑不得。我已经二十八岁，有妻子儿女的人，小什么？但比起他们的爸爸却的确小得多。幸好李珠给我解了围，她说：

"他是黄叔叔，黑蛮的爸！"

小弟官名"李庚"，在李家是最小的男孩。每礼拜只能见他一次，因为他是"全托"。小弟是最佩服崇拜我的孩子之一，跟我很亲。原因是我有一些他梦寐以求的、令他神往的东西：一部鲜红色的八十个低音键的意大利手风琴；一支双筒猎枪；一个立体镜；还有一部万用的电动小车床……一些记不起来的好玩的东西。再加上我大笑大叫，跟他们所有的爸爸都不一样，愿意在没事的时候跟他们玩，讲一些有趣的故事。只要我一暗示，他们就会奔跑过来。

他是个沙嗓子，连哭起来都沙。

忽然他长大了。我们相隔整整一部苦难的岁月——"文化大革命"。他"上山下乡"去了内蒙古。我也去过内蒙古，知道对于幼小的孩子是个怎么样的地方。但是他长大成人回来了。感谢上苍，还给我们一个如大沙漠如大苍穹似的心胸开阔无比的青年。

"我回来了，没有什么再苦得死我，难得死我。黄叔叔，什么都不用再说！"

他成为一个强者。祖上遗留的一副魁梧体魄，再加上马背和荒漠对他的锻炼。他越过父亲这一辈人逆来顺受的温良性格。懂事，但不乞求平安。他非常刻苦地画画，后来到日本去了。走之前，来看过我，问我有什么话。

"记住！"我说，"别让人知道你是李可染的儿子！"

"一定！"他说。

前几年我去了东京，他从大阪打来一个电话，问明白是我，他在电话里号啕大哭。他说："黄叔叔！来看我吧！"

我去了。小小的日本房间，说句见识浅陋的话，我一辈子没见过叠成满满一面墙的"速写簿"，滴水不进的一面墙。用了两三天时间，陪我玩透了大阪城，我们就分手了。

后来听说他去过很多地方，欧洲、美洲，画了许多速写。再不久，从可染先生处转来一本他展览会的场刊，见到好些张他的水墨近作时，我不免抚掌微笑起来："此李家之千里驹也！"

雄强、泼辣，满纸的快乐的墨色。乱七八糟的题字更增添了画面的力量，我喜欢之极。我更是想念他，像我自己的骨肉那么想念。现在不知他在哪里？你爸爸死了！你知道吗？你能回去吗？要赶快回来啊！小弟！你在哪里？

孩子们是我们的甜美，也是我们的悲伤；是我们的骨肉，我们的心。

说起"文化大革命"，过去了那么多年，排除了危难，你不能不说，"文化大革命"是一个非常有趣的戏剧，遗憾的是票价太贵。多少的光阴、生命、血、眼泪。

"文革"时期，我们被关在一起。

不知道是上帝还是魔鬼跟我们开这么大的玩笑，美术学院加上美术家协会托管的牛鬼蛇神总数，"天罡""地煞"，加起来恰好是梁山水浒好汉的一百单八。这有案可查，由不得你不信。

日子很不好过，劳累、痛苦、羞辱、恐惧，牵肠挂肚地思念家人和朋友……

美术学院从党委书记、副书记、党委委员，到教授、副教授、讲师，以及想象得出来的一些人，再加上一两个贪污犯，都成了"牛鬼蛇神"。其中贪污犯在里面最嚣张，是个依靠对象，俨然半个"革命小将"的味道。我们每天的"表现"全由他兴之所至地向"革命群众"汇报。

美术学院版画系长长的胡同两头一堵，装上木匣子，天生的监狱一所。

可染先生、苦禅先生我们可算得是难兄难弟了。五六年朝夕相处时间总是有的。写出所有的人的名单，就我眼前的记性看来是办得到的。但没有必要。

苦禅先生当得起是一个好汉，加上练功的底子，什么侮辱也压不倒他，什么担子他也挑得起。七十岁的老人，一举手，几百斤一铁车的垃圾一下子倒进了垃圾坑。若无其事。

可染先生不行。他从来没有经历过那么大的动荡，那么凶恶的迫害。一大家子人等着他料理照顾，他的确是个"书生气十足"的人。他没招谁、惹谁。像苦禅先生和我都爱写点、说点俏皮话，可染先生可从来没有，但也逃不过这个"劫数"。

革命群众就是学生，学生就是管理我们的阎王。有一个形象长得像粒臭花生似的我的学生，连裤子都永远穿不好，挂在两条瘦腿上老像尿湿了似的丁零当啷，却是极为凶恶残暴，动不动就用皮带抽我们。身上挨抽，心里发笑："这样的贱种，平常日子，一只手也能悬他在树上！"

就是这一类中山狼使未经历过恐惧和欺诈的可染先生丧魂落魄。他已经高血压好多年了。命令他站起来说点什么的时候，连手臂、嘴皮都在颤抖，更别谈要他说得出话。我心里向着他，我心里向他呼叫："顶住啊！老头！怕不怕都是一样，一定不要倒下！"口里却不敢出声。我家里也有妻儿在等着我啊！

"牛棚"里，每天一人轮流值班到大厨房为大家打饭。"牛鬼蛇神"不准吃好菜，但米饭馒头倒是一样。馒头每个二两，吃三两的，就是一个半。那半个馒头由值班的负责将一个二两的馒头掰成两半。这件事，李可染一直做不来，发抖的手总是将两半馒头弄得一大一小，而且悬殊到当时觉得可怕现在觉得荒唐的程度。当然受到责骂。我有生以来第一次亲耳听到学生骂先生达到这样的高度：

"你人话也不会说一句；蠢驴掰馒头也比你掰得好！你个废物！"

过了两三天，借劳动出勤的机会，可染先生问我可不可以给他用断锯条做一把切馒头的刀子，因为他知道我有机会参加一个修补破脸盆、破洋铁壶的工作。那些学院的工人跟我很要好。当然可以。当天下午，可染先生手上就有了一把锯条做成的、带漂亮竹手柄的小刀。多少年后，他还和我笑着提起这件事，我听了反而伤感起来。吴作人先生的钱包里至今还藏着一根当年我给他做的"挖耳勺"，已呈苍黄古老之色，这都是"同窗"的纪念品。

到了"文化大革命"末期，李可染、许幸之这几位老先生被指定为永远下乡落户到湖北农村生根的光荣户。校门口有小敲小打的锣鼓。这几位老画家面无人色，肩上居然还挂着一个革命气味很浓的包袱，排成一列，举起右手宣誓，大意是赌咒绝不再回北京，如何如何！于是就让那一丁点很不诚恳的锣鼓声送走了。

离别情绪在那时候等于尘埃。生死尚且如此，离别算个什么东西？自身命运决战迫在眉睫，谁又能判断出更好和更坏的结局呢？

新疆人宰羊放血，放了一只又一只，几十只羊集中在一个羊圈里，眼看着前一只同类被宰完，第二只自己就会乖乖地走到人的跟前躺下来……被宰割已经成为天性的时候，反抗和逃亡还有什么意义？

我们是人啊！

李可染这个画家是无愧于我们这个苦难的中国的。中国有了他，也光彩许多。

对于眼前的中国画家，在他们身上使用美好的形容词往往太过奢侈，今天，仿佛人人都是画坛的金日成，紊乱了欣赏价值。

李可染画作上的成就是实实在在的。一是他画作的质量，二是他开展新局面的功绩。

长年辛勤地艺术劳动，在中国画上大胆施展浓墨，运用光和层次的可能性得到证明，启导和开发了美的新观念。（在我们这个时代，出现了两位这样重要的人，另一位就是傅抱石先生。傅先生把抽象和具体二者的关系结合得那么融洽，那么顺手，令我们得窥千年来绘画中所谓"意境"的殿堂。）

可染先生其实是有一种农民性格中的聪明和纯朴，勤劳是他的天性。作品因之显现出厚重的民族魂魄。所以，面对着他的作品时，就无法拒绝迎面袭来的道德感染。八大山人如此，石涛如此，傅山亦何尝不如此？

一九五三年我初到北京大雅宝胡同甲二号，可染先生夫妇是我们第一个相识的邻居。他的第一个南方写生画展，登在《新观察》杂志上，我荣幸地写出第一篇评介他的艺术创意的文章。不料三十几年回到香港后得到他逝世的噩耗。他对我的友谊和我对他的尊敬，令我在不方便回去祭奠的情况下，写一些往事作为纪念。

这是他生前几次希望我做的事。佩珠夫人会记得的。

大家张伯驹先生印象

近日读海粟先生记张伯驹先生文，有大风海涛、悲怆莫名之感，张先生绝塞生还，事出侥幸，亦是绝谑也。余生也晚，然前贤文章轶事，亦有幸涉猎。故于伯驹先生行止极生兴趣，乃知今世有如斯大妙人实千秋江山之福祉也。文化之于文化人，文化人之于家国，极大极深之微妙关系存焉。人自幼及长及衰，天道也。既无从迎接，亦无可逃避，血肉之躯，纵一世英明，修养百端，及至老来，语言暗嗟，思路重叠，自无须愧惭。向人之理，因人人皆步其归途也。豪言壮语已失，拳打脚踢难做。唯一可行者，约三数同龄，嚅嗫掌故，回味药垆经卷，打算日子而已。惜此中动静尚不谅于少壮，当今内涵风骚当更难得回旋寸尺。耻辱、荣耀、奖赏、惩责，早已颠倒翻转，张铁生为金状元，时传祥成香元帅。

老先生身处风口，自筑险境，伯驹先生焉能不倒也，倒也。

张伯驹先生

梁思成、林徽因二位焉能不倒也，倒也？

余弱冠即知世上有张伯驹先生。知北京有余叔岩。稍长知故宫有杜牧《张好好卷》、展子虔《游春图》稀世名迹，知中国有盐业银行。人事诸般，均与张先生结下善缘瓜葛。大见识、大手笔，博闻风雅，慷慨大方，京华之张伯驹，言之口舌莲花生矣。

四害服法，伯驹先生及碌碌众生得活，月入八十元与潘素夫人相依为命。某日，余偕妻儿赴西郊莫斯科餐厅小作牙祭，忽见伯驹先生蹒跚而来，孤寂索寞坐于小偏桌旁。餐至，红菜汤一盆，面包四片，果酱小碟，黄油二小块。先生缓慢从容品味。红菜汤毕，小心自口袋取出小手巾一方，将抹上果酱及黄油之四片面包细心裹就，提小包自人丛缓缓隐去。余目送此庄严背影，不忍他移，半月后，惊闻伯驹先生逝世。人生常有如此巧机缘不足怪也。余曾对小儿女云：张先生一生喜爱人间美好食物，尝尽世上甜酸苦辣，富不骄，贫能安，临危不惧，见辱不惊，居然喝此蹩脚红菜汤，真大忍人也。老人读书与今人有别，修德与游玩亦与今人有别，古法也。余辈他年接触张先生学问时，当知今日邂逅之意义。

夫人国画家音乐家潘素系余同行。老人手中面包，即为其带回者，情深若是，发人哀思。

壬申春日

离梦踯躅

——悼念风眠先生

风眠先生一九九一年八月十二日上午去世了，九十二岁的高寿，是仁者的善报应。

听到这个消息，我陷入深重的静穆与沉思之中。

我不是林先生的学生，却是终身默默神会的追随者。

跟林先生认识的时间不算短了，说起一些因缘，情感联系更长。

尽管如此，我跟林先生的来往并不多。我自爱，也懂事：一位素受尊敬的大师的晚年艺术生涯，是需要更多自己的空间和时间，勉强造访，徒增老人情感不必要的涟漪，似乎有点残忍。来了香港三年多，一次也没有拜访他老人家，倒是一些请客的场合有机会和他见面。最近的一次是他做的东，以前呢？卜少夫先生一两次，还有谁、谁、谁，都忘记了。

前年我在大会堂的个人画展，忽然得到他与冯小姐的光临，使我觉得珍贵。

昨天，老人家逝世了。艺坛上留下巨人的影子。

这几十年来，我拜会他许多次，第一次，是在一九四六年春天的杭州。

我到杭州，是去看望木刻界的老大哥章西厓。西厓是他的老学生。我那时二十二岁，满身满肚气壮山河要做大画家的豪劲。（天哪！林先生那时候才四十七岁。做了个算术才明白。）

西厓在杭州《东南日报》做美术编辑，我到杭州去干什么呢？什么也不干，只是想念西厓。他住在皮市巷一座讲究的空房子里，朋友到别处去了。花园、喷水池，什么都感动不了他，与他无关，他只住着大屋子里的一个小套间。我去了，搬来一张行军床，也挤在小套间里。墙上一张西厓设计的亨德尔的《哈你老友》（《弥赛亚》）大合唱海报。

大雪纷飞，我们跟一位名叫郑迈的画家到处逛，这一切都令我十分新鲜。我一九三七年到过杭州，一因为小，二因为路过，没有好好看过；这一次算是玩足了。陈英士铜像，孙元良八十八师抗战铜像使我十分佩服，居然会是真的铜汁熔铸而成。这，接着就想到去拜会一次久已仰之的林风眠先生。

他们领我走到一个说不出地名的木栅栏大门的地方，拍了十几下门，静静把门打开的是一个笑容可掬的乡下八九岁孩子，先来一个鞠躬，背书似的把每一个字念出来："嘿！林，先，生，出，去，了！——下，次，来，玩，啊！"又鞠了一个躬，慢慢地关上了门。

我们面面相觑，怎么说话这个味儿？

郑迈说，再来它一下。于是又拍门。不一会儿又是那八九岁大的老兄出来开门，说的又是那些一个字一个字的原话，然后一鞠躬笑眯眯地关上了门。

郑迈说，这小家伙是门房的儿子，刚从乡下来，林师母法国腔教出来的"逐客令"。

过了两天，我们见到了林先生和师母，吃了几块普通的饼干，喝了龙井茶，林先生问起了当年国立艺专在湖南沅陵的时候帮过大忙的沈从文表叔的大哥沈云麓的情况。我回答不出。一九三七年出来一直没有回过湘西。接着说到我的木刻，西厓开的头，林先生和师母很有兴趣地听着，仿佛对我颇为熟悉的样子。我不太相信他们两位真看过我的木刻。礼貌，或是宽厚，不让一个年轻的美术家太过失望吧！

那次，我见过一幅后来挂在上海南昌路屋子里的安杰里哥《报佳音》临本，传说是赵无极为他弄的。另外的几幅是令我感动至极的林先生自己的画，大块大块金黄颜色的秋天和一些彩色的山脉。

后来在北京，全国文代会或是美代会，见到我，他都要问起关于沈家大表叔的近况。因为我回湘西的次数多了，便很有些话向他报告，填补他对于湘西朋友怀念的情感。

以后我每到上海，总要去看看他老人家。

那年月，隔段时间，文化艺术界的朋友多多少少都会受到一两次精神晃动。熟人之间的安全的介绍，见了面大家便无话不谈。

一九六〇年，我带着四岁的黑妮到上海去为动画厂做设计工作，时间长了，有机会去探望一些长辈和朋友们，有的正在受苦，有的在危机边沿，有的颠簸在政治痛苦之中，林先生、马国亮先生、巴金先生、章西厓老兄、黄裳老兄、余白墅老兄、唐大郎老兄和古巴（孙浩然）老兄、王辛笛老兄老嫂……

马国亮、马思荪先生夫妇也住在南昌路，他跟林先生政治上相濡以沫，最是信得过，总是由马先生带我们到林先生那里去。

马国亮先生夫妇当时所受的惊吓令人听来是难以忍受的。我住锦江饭店，有时却到他们家去搭铺，把门紧紧地关上，我为他们画画，刻肖邦木刻像（像，来自他家墙上的一幅小画片），他们和孩子弹钢琴，拉大提琴。白天，夜晚，这简直是一种异教徒危险的礼拜仪式，充满宗教的自我牺牲精神。管子所云"墙有耳，伏寇在侧"的情况是随时可能发生。这一家四口在危难中的艺术生活真是可歌可泣。马氏夫妇一生所承担的民族和祖国文化命运的担子如此沉重，如此坚贞，真是炎黄子孙的骄傲。见到、想到他们这一家人，我才对于道德这个极抽象的、捉摸不定的、可以随意解释和歪曲的东西有了非常具体的信念。即使他在受难期间，你也仿佛可以向他"告解"，冀以得到心灵的解脱。

林先生就是跟这样一家姓马的家庭成为邻居。

林先生的消息得以从他的好邻居转告中知道。

林先生"文化大革命"之后平反出狱，我到上海又是马先生带我去拜望他。一进门，这位七十多岁的老人正抱着一个差不多七八十斤的煤炉子进屋。那时，他自己一个人生活已经很久了。一个伟大的艺术家照顾着一个伟大的艺术家。

那一天，同去拜访的有唐大郎、张乐平、章西厓、余白墅诸位老兄。因为我有一个作画任务要走很多码头，路经上海，匆忙间，只给林先生带去十来张定制的手工高丽纸，介绍了纸张的性能，便匆匆告辞了。

我们的旅行时间很长，到了末站重庆时已是除夕，回到北京，赶上了"批黑画"。我画的猫头鹰是重点之一。有关猫头鹰一案的故事已让人宣叙了百儿八十次之多，不再赘述了。

奇怪的是有人告了密，说我到上海拜见林风眠先生的那一次是一个不平凡的"活动"，写出了批判的大字报，说我黄某人与林风眠"煮酒论英雄"，"天下英雄惟使君与操耳！"要追查这个小集团的活动。

我当时已经横了心，知道一切解释于事无补，只有一个问题想不开，心中十分生气。在小组会上，我破了胆子申明，林先生论年龄、学术修养和其他许多方面，是我老师的老师，我怎么能跟他搞什么所谓"煮酒论英雄"活动？……简直荒唐！

这种陷害的扩展和发挥是无耻的，后来也不见起到什么作用。只是一直遗憾，不知惊动了林先生和其他几位朋友没有？

一个小小的精神十足的老头。不介绍，你能知道他是林风眠吗？不知道。

普普通通的衣着，广东梅县音调的京腔，谦和可亲，出语平凡，是个道不出缺点的老人。

从容、坚韧地创造了近一世纪，为中国开辟了艺术思想的新垦地。人去世了，受益者的艺术发展正方兴未艾。

说到林风眠，很少有人能在口头上和理论上把他跟名利连在一起。在上海有一次他对我们开自己的玩笑，说自己只

左起华君武先生、林风眠先生、黄永玉

是个"弄颜色玩玩的人"，是个"好色之徒"。

记得五十年代林风眠先生在北京帅府园中国美术家协会开个人画展时，李苦禅、李可染先生每天忙不迭地到会场去"值班服务"。晚辈们不明白这是什么道理。

可染、苦禅两位先生高兴地介绍说：

"我们是林风眠老师真正的学生！"

老一辈人都有一种真诚的尊师重道的风气。直到现在我还不明白，折磨文化和折磨老师，究竟会结出什么奇花异果来？

林风眠先生二十出头就当了美专校长，不问政事，画了一辈子画。

九十二岁的八月十二日上午十时，林风眠来到天堂门口。

"干什么的？身上多是鞭痕？"上帝问他。

"画家！"林风眠回答。

一九九一年"八一三"之夜

这些忧郁的碎屑

——回忆沈从文表叔

从文表叔死了。他活了八十六岁。

书房墙上一幅围着黑纱的照片，两旁是好友施蛰存先生写的挽联。

五十年代一个秋天的下午，屋子静悄悄地剩下他一人在写东西。我们坐下来喝茶，他忽然轻轻叹了一口气——

"好累啊！……"

"是的，累啊！"我想起正在过河的约翰·克利斯朵夫。

"北京的秋天真好！"他说。

"……天真蓝……那枣树……"我望了望窗子。

"……都长大了……日子不够用……"他说。

…………

…………

一切都成为过去。

表叔真的死了。

一

三十多年来，我时时刻刻想到从文表叔会死。清苦的饮食，沉重的工作，精神的磨难，脑子、心脏和血管的毛病……

看到他蹒跚的背影，我不免祈祷上苍："让他活得长些吧！"

他毕竟"撑"过来了。足足八十六岁。

一辈子善良得不近人情；即使蒙恩的男女对他反啮，倒是从不想到报复。这原因并非强大的自信，也不是没有还击的力量，只不过把聪明才智和光阴浪费在这上面，早就不是他的工作习惯。

没有心肝的"中山狼"有一个致命伤，那就是因某种权势欲望熏蠢了的头脑。

其实要摧毁沈从文易如反掌。一刀把他跟文化、故乡、人民切断就是。让他在精神上断水、枯萎、夭折。

但"中山狼"们不！他们从自己心目中的高档境界——名誉、地位、财富上扼他的脖子；殊不知这正是他所鄙弃的垃圾。

公元前一百多年的司马迁也碰上同样有趣的遭遇。只不过帮李陵说了几句话，就被人将卵蛋刨了。当年西汉宫廷的价值观可能跟法国狄德罗所估计的相同，他说："在宫廷，'狂欢的工具'从来与政治媲美。"那么，犯了政治错误的司马迁一生岂非只好以失去"狂欢的工具"悲苦羞耻终生而告终？不然，他完成了伟大的《史记》。

虐杀是一种古典之极、从未发展变化分毫的行为。尽管每个朝代对它都各有好听的称呼，让人"提前死亡"的实质却从未改变。

它从属于文化，却是文化的死敌。它痛恨、仇视文化，是因为文化太好的记性。

虐杀与文化之间，不免就出现一种类乎郑板桥"润格"上所说的"……公知所送，未必弟之所好也……"的尴尬局面。刨别人的卵蛋的人因为自己"狂欢工具"健在的满足而得到使命式的快感；被人刨掉卵蛋的人因完成了《史记》从而也得到了使命式的快感。

一部文化史几乎就是无数身体的局部或全部被刨去的行为史。这是由两种不同性质的快感写成的。

从文表叔从来没有对我说要写类乎《史记》的东西。他跟另两个人约定写抗战史，也只是说说而已。他不是写这种历史的"料"。过后真的也没有写。是否两位合作者戏剧性地先后去世使这个工作中断？眼前谁也弄不清楚了。

我是特别喜欢从文表叔写的《长河》的。

要写历史，恐怕就是这种"长河"式的历史吧？

在表叔的所有文章中，《长河》舒展开了。

昨天我看了一部大钢琴家霍洛维兹的演奏纪录片。八十岁炉火纯青的手指慈祥地爱抚每一个琴键，有时浓密得像一堆纠缠的串珠，闪着光，轻微地抖动；有时又像一口活火山张开大口喷着火焰，发出巨响的呼吸。这老头不管奏出什么声音，神色都从容安详。他在音乐之外。十个小精灵在黑白琴键上放肆地来回奔跑追逐。他是个老精灵，是十个小精灵的牧者。

穆静的听众闭着眼睛倾听，脸上流淌着泪光。

我想起从文表叔对于故乡的眷恋；他的文字的组合；他安排的时空、节奏的起伏，距离；苦心的天才给读者带来的诗意……

谁能怀疑他的文字不是爱抚出来的呢？

我让《长河》深深吸引住的是从文表叔文体中酝酿着新的变革。他排除精挑细选的人物和情节。他写小说不再光是为了有教养的外省人和文字、文体行家，甚至他聪明的学生了。他发现这是他与故乡父老子弟秉烛夜谈的第一本知心的书。

一个重要的开端。

纯朴土气，耍点小聪明、小手段保护自己；对新事物的好奇，欢欣而又怀着无可奈何的不安；温暖的小康局面，远远传来的雷声，橘柚深处透出的欢笑和灯光，雨中匆促的脚步……

写《长河》的时候，从文表叔是四十上下的年纪吧？为什么浅尝辄止了呢？它该是《战争与和平》那么厚的一部东西的啊！照湘西人本分的看法，这是最像湘西人的书。可惜太短。

我那时在东南一带流浪，不清楚从文表叔当时身边有多少纷扰。他原本是一个即使在唱大戏闹台旁边也能专注工作的人。我了解他不善"群居"，甭说世界社会和中国社会，即使在家里，他也是一个人躲在乱七八糟的小屋子里工作，直到发觉可爱的客人进门，才笑眯眯地从屋里钻出来说些彼此高兴的话。

写《长河》之后一定出了特别的事，令这位很能集中的人分了心，不能不说是一种损失。真可惜。

他是一家之主。抗战中期或是末期或是众所周知的可笑的"抗战胜利"，他都必须料理自己很不内行的家事。天晓得这一家在"抗战胜利"之后怎么平安地回到北京的。

从文表叔到北京不久，我到了上海。他为当时才二十二岁的我的生活担心，怕我不知道料理自己，饿死了；或是跟上海的女明星鬼混"掏空了身子"（致他学生的信中提到）。他给我来信时总附有给某老作家、某名人的信，请他们帮我一些忙。他不太明白当时我的处境。我正热火朝天地跟一些木刻前辈们搞木刻运动，兴高采烈之极，饭不饭根本算不上个大问题。倒是房租逼人，还哪里有空去找电影女明星？

　　别看从文表叔在北京住了多年，也去过青岛、上海，归根到底还是个"乡下人"。他认为凡是到上海去的年轻人——包括我在内，都有个跟上海女明星混，直到"掏空了身子"的归宿。

　　这里，就不能不提一提我的父亲黄玉书，从文表叔少年时代最谈得来的表哥。

　　父亲是在师范学校学音乐和美术的。由于祖父在北京帮熊希龄做事，父亲也就有机会到外头走走，沈阳、哈尔滨、张家口、上海、杭州、武汉、广州……在那时候，从一个山区的角度看来，可是个惊天动地的伟人行动。一日远游回家，天天围在周围渴求见闻的自然是那一大群弟妹跟表兄弟妹。父亲善于摆龙门阵，把耳闻都一股脑儿当成亲见；根据需要再糅合一些信手拈来的幻想，说听两方不免都陶醉在难以想象的快乐之中。

表叔从小就佩服我父亲的这种先觉的"浪漫主义与现实主义相结合"的创作方法。既是文学，"宁可信其有，不可信其无"，有什么不好呢？在他后来的作品中、序言中，几次都提到他的这位表哥和他那善于"糅合"的文学才能。

表叔的家在道门口边上往南门去的胡同里张家公馆斜对门，至今还在（听说政府已经辟为"沈从文故居"，遗憾的是迁走了几家杂居的住客，却搬进一个"沈从文学会"之类的研究机构。仍然不能成为"故居"的规模和令人深思怀念的所在）。我家住在近北门的文星街文庙巷。

文庙巷只住着我家和刘姓两户人家。长长的幽静的巷子左边是空无一人的"考棚"，右边是高高的红墙围住的，也是空无一人的古文庙建筑群。长满了野花野草和森穆的松柏。二更炮放过之后，黄、刘两家大门一关，敢从文庙巷走一趟的人很需要一点胆子。

早就传说那围墙里头大白天也会从葫芦眼里伸出"毛手板"。半夜三更无缘无故地钟鼓楼会敲撞出声音来。由不得人不怕。

从文表叔五六岁时在外婆、舅舅家玩晚了，就得由他表哥——我的父亲送他回家，一路上大着嗓子唱戏壮胆。到了道门口，表哥站定试试他的胆子，让他一个人走过道门口，一路呼应着：

"走到哪里了？"

"过闸子门了！"

"走到哪里了？"

"过土地堂了！"

"走到哪里了？"

远远的声音说："过戴家了！"

"到了吗？"没听见回声。过不一会儿，远远的小手掌在拍门，门不久"吱呀"地开了。我的父亲一个人大着胆子回家。

这是前十几年表叔说给我听的一段往事。

他多次提到与我父亲的感情和对他奇妙的影响。

二

文庙巷我们黄家在城里头有一种特殊的名气，那就是上溯到明朝中叶，找得到根据的时间极限里，祖宗老爷们要不是当穷教书先生，就是担任每年为孔夫子料理祭祀及平日看管文庙的一种类乎庙祝的职务。寒酸而高尚，令人怜悯而又充满尊敬。

我家的另一个著名的特点就是那棵奇大无比的椿树。起码两米直径。某年刮大风，砸下一个马蜂窝，坏了隔壁刘家屋顶六百多块瓦。春夏天，罩得满屋满院的绿气。

从文表叔家的祖上当过大官。我们祖上没当过，最高学位只是个编县志的"拔贡"。

说的是为沈家挑媳妇，亲戚朋友家未出嫁的女儿们穿红着绿，花枝招展来沈家做客。老人家却挑了着白夏布衫的黄家女儿。说是读书人家的女儿持重，"穷"得爽朗。

这女儿褐色皮肤，小小的个子，声音清脆，修长的眉毛下一对有神的大眼睛。是我祖父的妹妹，我的姑婆，从文表叔的妈妈。

姑公，从文表叔的爸爸身材魁梧，嗓门清亮，再加上仿佛喉咙是贴着"笛膜"，说什么话都觉得好听之极，让人愿意亲近。尤其是他的放声大笑。

姑婆做女儿家的时候，曾跟着她的哥哥去过上海、北京多年，见识广，回家乡之后还跟爷爷开过照相馆。我印象最深的是她说起话来明洁而肯定，眼神配合着准确的手势，这一点，很像她哥哥。

我恐怕是唯一见过姑公姑婆的孙辈了。连他们两位不同时间的丧礼，我也是孙辈唯一的参加者。见到他们躺在堂屋的门板上，我一点也不怕，也不懂得悲伤。因他们是熟人。

从文表叔有一位姐姐，一位大哥，他排二，有一位三弟，一位我们叫九嬢的妹妹。

我们家现在还有一张几十年前的"全家福"照片。

太祖母和祖母分坐在两张太师椅上，太婆的膝前站着我的姐姐。父亲在太祖母侧边，母亲扶着穿花裙的一岁的我坐在高高的茶几上。后头一排有大伯女儿"大姐"，有聂家的表哥"矮子老二"，另一位就是沈家三表叔巴鲁，正名叫沈荃，朋友称他为沈得鱼。在我的印象中，我的许多表哥年纪都是不小的，如"喜大""矮大""保大""毛大"，还有一个大伯娘的儿子也叫"喜大"。他们跟巴鲁三表叔的年纪差不多，常在一起玩。不过巴鲁表叔很快就离开凤凰闯江湖远远地走了，好像成为黄埔军校三期的毕业生。

好些年之后，巴鲁表叔当了官，高高的个子，穿呢子军装，挂着刀带，威风极了。有时也回家乡来，换上便装，养大公鸡和蟋蟀打架，搞得很认真。有时候又走了。记得姑公姑婆死的时候他是在家的。

跟潇洒漂亮一样出名的是他的枪法。夜晚，叫人在考棚靠田留守家的墙根插了二三十根点燃的香，拿着驳壳枪，一枪一枪地打熄了它们。还做过一件让人看了头发竖起来的事：

从文表叔

另一位年轻的军官叫刘文蛟的跟他打赌，让儿子站在十几二十米的地方，头上顶着二十枚一百文的铜元，巴鲁表叔一枪打掉了铜元。若果死了孩子，他将赔偿两箩筐子弹、十杆步枪外带两挺花机关。虽然赢了这场比赛，姑婆把巴鲁表叔骂了个半死。这孩子是由于勇敢还是懵懂，他是成为湘西著名画家的刘鸿洲，恐怕至今还不明白当年头顶铜元面对枪口是什么感受。

一九三七年巴鲁表叔当了团长，守卫在浙江嘉善一带的所谓"中国的马奇诺防线"。抗战爆发，没剩下几个人活着回来。听人说那是一场很惨烈的战斗。

抗日战争胜利后的一九四六、一九四七年，我在上海，为了向黄苗子、郁风要稿费，去过一趟南京。巴鲁表叔当时在南京国防部工作，已经是中将了，住在一座土木结构的盖得很简陋的楼上。我看到了婶婶和两三岁的小表妹，他们的生活是清苦的。巴鲁表叔的心情也很沉重，话说得少，内容比他本人的风度还要严峻：

"抗战胜利倒使我们走投无路。看样子是气数尽了！完了。内战我当然不打。和你二表叔跟田君健合写抗战史也成为笑话。谈何容易？……看起来要解甲归田了……"

他在这样纷乱的生活中，还拉扯着我的一个十四岁的弟弟老四。说是请来帮忙做点家务。其实谁都明白，只不过在帮我的父母分担一些困难。不亲眼见到他一家的清苦生活是很难估计仗义的分量的。

既然来到南京，不免要游览一下中山陵。我和老四轮流把小表妹放在肩膀上一步一步迈上最高的台阶。

中山陵的气势令我大为兴奋。极目而下，六朝形胜真叫人感触万千。再回头看着那个满头黑发的小表妹时，她正坐在石阶上，一手支着下巴望着远处。孤零零的小身材显得那么忧郁。我问她："你在想什么呀？"

她只凄苦地笑了一笑，摇了摇头。

四十多年过去了，我始终没有忘记在伟大的中山陵辽阔的台阶上的那个将要失掉爸爸的小小的忧郁的影子。

一九五〇年，我回到久违的故乡。

我是一九三七年出的门，经历了一个八年抗战，一个解放战争，十二岁的孩子变成了二十多岁的大人。

那时长沙的汽车到了辰谿就打住了，以下的路程只有步行。从辰谿经高村还有一两百华里好走。

亏得交通不便，八年抗战，故乡只听过一次日本飞机声。从浪子的角度看来，日夕怀念的故乡还是老样子是颇感甜美的。虽然这种思想十分要不得。

来到城边，城门洞变小了，家里的两个弟弟却长成大人。母亲和婶娘自然高兴。婆婆已不在人世，见到姑妈满头白发长得跟婆婆一个模样时忍不住大哭一场。过不几天，大革命时因妈妈出走，收留我的滕伯孃也来了。她老成那种样子，满脸的皱纹已不留余地，说更早的时候我吃过她的奶，真不可想象……

没料到巴鲁表叔也回到凤凰。

他真的像在南京说过的不打内战，解甲归田了！

湖南全省是和平解放的，我为他庆幸从火炕里解脱出来的不易。

他还是那么英俊潇洒，谈吐明洁而博识。他在楠木坪租的一个住处很雅致，小天井里种着美国蛇豆、萱草和两盆月桂。木地板的客厅墙上居然挂着一对张奚若写的大字楹联。

对了，他跟许多文化人有过交情。这不光是从文二表叔的缘故。因为抗战初期，有不少迁到湘西来的文化团体都多少得过他的帮忙，杭州美专就是一个。艺术家、文人跟他都有交情，对他的豪爽风度几十年后还有人称赞。

"……我帮地方人民政府做点咨询工作，每天到'箭道子'上班，也不是忙得厉害，没事，去聊聊天也好！……"

我因为下乡画画，忙得可以。从乡下回城里之后带回许多画，请他和南社诗人田名瑜世伯在画上题了字，他写得一手好"张黑女"，田伯伯写的是汉隶。一九五〇年我在香港思豪酒店开的个人画展，所有题字都是他们二位代书的。

从此，我就再没见过巴鲁表叔。

听说一九五〇年以后，他被集中起来，和一些其他人"解"到辰谿受训，不久就在辰谿河滩上被枪毙了。

那年月，听到哪一个亲戚朋友或熟知的人给枪毙的消息，虽不清楚缘由，总觉得其中一定有道理。要不是特务就是"反革命"。理由有以下三点：（一）相信共产党做事一定不错；（二）大家都在改造思想，清理历史，枪毙人的事正好考验自己的政治态度；（三）人都死了，打听有什么用，何况犯不上。

"四人帮"服法之后不久，巴鲁表叔也给平了反。家属正式得到五百元人民币的赔偿，婶婶被推荐为县政协委员，州和县里也出版了一些当年这方面的比较客观的历史材料。

前些日子，在家乡听到有关巴鲁表叔被枪毙时的情况——

在河滩上他自己铺上灰军毯，说了一句："唉！真没想到你们这么干……"指了指自己脑门，"打这里吧！……"

一个大的历史变革，上亿人的筛选，"得之大约"算差可了。死者已矣！但活人心里的凄怆总是难免的。

既然巴鲁表叔正式平了反，我对他的回忆也有了一种舒坦感，说老实话，真怀念他。

沈家一共有三兄弟，一个姐姐，一个妹妹。我们是这样称呼他们：沈大嬢、沈大满（满是叔叔的意思）、沈二满（从文表叔）、沈三满（得鱼表叔也即是巴鲁表叔）、沈九嬢。为什么从一、二、三、四忽然到了九呢？我至今不清楚，问一问家乡老人家可能会清楚的。

大嬢嫁给姓田的既读书又在外做事的好人家。从文二满也是很早就出的门。倒是经常听到消息，却好多年才见一次面，及至我长大之后才开始跟他通信，所以没有云麓大满和巴鲁三满亲切和熟悉。九嬢很早就跟从文二满出门去了，要说熟悉也只是以后的事。

只有沈大满和沈三满还有不少具体的回忆。

大满长得古怪，脾气也是古怪得出奇。

我懂事以来一直到他七十九岁逝世，他那副形象在我的印象中，从来都是一致的。他既没有小过，也没有老过。

他是个大近视。戴的眼镜像哪儿捡来的两个玻璃瓶底装上的，既厚实，又满是圈圈。眼睛本身也有事。一年三百六十五天，天天淌眼泪。老得用一条常备的手巾不时地取下眼镜来拭擦。鼻子是个问题的重灾区，永远不通，明显地发出响声，让旁边的人为他着急。于是又是取出手巾，又是放回口袋，那样来回不停地忙。因此也大大影响了说话，永远地像是人在隔壁捏着鼻子。再，就是耳朵。有七八成听不见，想要他明白什么事，就得对着他的耳朵大声叫嚷。还有，他爱流汗，满头的汗珠。你常常会见到一个人全身冒着热气走进门来，那就是他。但是口袋里的那条手巾，谁也分不清它到底是什么颜色。

他个子单细，却是灵活之极。他长成一种相书以外的相貌。胡适先生可以说有点像他，高脑门，直鼻梁，长人中，往下挂的下嘴唇，加上厚实的下巴……但没有他充分夸张。对于他，胡适先生只是具体而微弱。他更全面，简直长得痛快淋漓。比如说，从脑门顶一直到鼻梁额准处，有一道深深的凹线；是一道深陷的沟。令人肃然起敬，相信其中是一种特别的道理。

他虽然眼睛不清楚，步履倒是特别来得快，上身前倾，匆匆忙忙。不少街上的闲人为他让路，因为他脾气不好。

他小时上北京找过他大舅——我祖父黄镜铭。那位老人家也是性格奇特得必须专论才能说得明白的人物。经过他的主张，把沈家大满送去学画炭像，即是用干的毛笔蘸着一种油烟炭粉在图画纸上画出肖像来的技法。

跟我父亲一样，他也曾去过东北、西北、中南、东南各省。画炭像的本事学好了，而且超乎一般世俗的技巧，画得十分之精到传神。回到家乡，家乡人都听说他怀着一手绝技，估计他可以因此而能养活一家两口。几十年来，他给外祖母画过一张，舅妈没画完的半张，大舅有一张，但另一些人却说不是他的手笔。所以一辈子也就没有画过几张肖像了。后来找到据说是他手笔的也只是七零八碎的片断，到后来甚至把他会画炭像的事也淡忘了。

他从来不惹人，县里却不能没有他。

他穷得可以，但按年按月订了几份报纸——《大公报》、老《申报》、《新民报》、《华商报》……人围在一堆谈论时事，他总是偷偷蹲在一边不搭腔，若有人谈错什么题目，只见他猛然站起来"哼！"的一下走了。这就是说，过时的材料把他得罪了。

全县城稍微知名的人士从小到老的手脚，他心里都有笔账。譬如某位五十来岁的文化权威刚生下来跟他哥哥是个双胞胎，尿布来不及准备，他外婆扯下刚上了门板打鞋底用的"烂片"应急的事，经他一点，老娘子听了都同声响应，说是确有其事。这固然无伤大雅，倒使那位文化权威原先要摆一点架子的气势挺不起来。大家一笑，当然也不记恨。

他喜欢人尊敬他。他没上过正式的学，但后天读书读报帮了他的大忙。抗战期间，他最早懂得"磺胺消炎片"，战后的"雷米封"治肺痨。到老得不能动弹的时候，谁打他门口过不打招呼请安，他是会生气的。眼睛看不清，耳朵早就聋了，身体不便移动，凭什么他知道别人打他门前过呢？

一个弟弟是作家，一个弟弟当将军，大姐嫁给大户人家，他从不沾光，口边也不挂。只是老挂着他帮过忙的老朋友的友谊，刘开渠、庞薰琹、林风眠、刘祖春……这些人经过沅陵时，他为艺专跑过腿。他那时很兴奋，见到一生没有奋斗到的现实。他原本应该成为很出色的艺术家的。他为自己的快乐而为别人跑腿，跑了腿，万一哪一年他们见到自己的二弟或三弟提到他的热心，那就更快乐。

他没有孩子，也没有产业。"文化大革命"给年轻造反派们提夹着在大街上狂跑，七十多八十的人了，居然没有死，还活了好些年。照样地吃大碗饭，照样地发脾气。拄了根拐杖上街，穿起风衣，还精神抖擞地翻起了衣领子。

他做过许多可能自己也忘记了的好事。送一些年轻人到远远的"那边去"。那边有多远？去干些什么？他觉得"好！"就成。那些年轻人都成了"老干部"了，也想起他。"他"这个人活得很抽象，睡觉，三餐饭，发点小脾气，提点文化上根本不必提的"建议"，算是个"县文物委员"。人要报答他也无从报答起，因为他什么都不需要。

死了，没留下什么痕迹，外号叫"沈瞎子"。说起"沈瞎子"，三十岁以上的人还想得起他的。再年轻一点的，怕就不晓得了。

三

听我的母亲说，我小的时候，沈家九孃时时抱我。以后我稍大的时候，经常看到她跟姑婆、从文表叔诸人在北京照的照片。她大眼睛像姑婆、嘴像从文表叔。照起相来喜欢低着头用眼睛看着照相机。一头好看的长头发。那时候时兴这种盖着半边脸的长头发，像躲在门背后露半边脸看人，不料现在又时兴起来。

我觉得她真美。右手臂夹着一两部精装书站在湖边尤其好看。

我小时候，姑婆租了大桥头靠里的朱家巷有石板天井的住处。上三四级石阶，有一副带腰门的高门槛，进到门厅，宽得可以放几张方桌，门厅左右是厢房。左边厢房三表叔回来住。右边放书，墙上挂着皮带刀，有时墙边还搁着步枪，箩筐里放满子弹，尽头两张长板凳上搁着口棺材。我小时候已习惯家里放棺材不害怕，不单明白里头是空家伙，还懂得有朝一日爱我的姑婆睡在里面，这跟床的分别毫无两样。

（野外祠堂、庙里的棺材可不一样，停在那里少说也有五六口，谁也拿不准哪口是空，哪口是实。不少外地人不幸死在我们这里，就得像火车站寄存行李把死人装在里头，等家乡人赶来搬运回去。胆大淘气的孩子曾掀开盖子摸过，还挺着胸脯吹牛说是摸到她的金牙齿、玉圈圈。）

门厅过去就是石板铺的天井。一边摆着花盆，一边摆着石杠铃、石锁和刀枪架。天井两旁是雨廊。有三四级石阶，右边通厨房。从天井正面也是三四级石阶就到正厅，右边是姑婆的住房。左边谁住？记不起来了。沈大满好像自己租楠木坪住，没跟姑婆住一起。

常陪姑婆聊天的有两个，一个是我爸爸，一个是聂姑婆她妹妹的儿子外号叫"聂胖子"的，也是我爸爸的表弟。我祖父有不少妹妹。只是他恐怕最喜欢沈姑婆，所以年轻的时候把她带上北京。

厅后面还有一个上楼的套间，楼上只存放杂物，我一个人不敢上去。

九嬢那时候不在，她一定是像她妈妈跟我爷爷上北京一样，跟着从文表叔已经在北京大学了。

我对她一点印象也没有。小时的记忆原应是很好的……

那时的北京应是很热闹的地方，只是我不理解旧北京满

123

是黄尘，吃喝要骆驼拉着水车供应，有什么好？

那时候有人说好，说是有中国味。连鲁迅、周作人、老舍……都说好！人们动不动就说东交民巷、六国饭店、北京饭店……西餐馆如何品味……其实都是夹带着北方灰尘的穷考究。

我喜欢真正的中国气派，讲卫生、有尊严的地方。所以我从书本上看到的北京和上海都不喜欢。只不过觉得在那里知道的世界可能比家乡多些而已。

九嬢在北京跟表叔住了好多年。很难说当时由谁照顾谁。料理生活好像都不在行。从文表叔对饮食不在乎，能入口的东西大概都能咽得下去。而九嬢呢？一个凤凰妹崽，山野性格，耐着性子为哥哥做点家务是难以想象的，只好经常上法国面包房。

她当时自然是泡在哥哥的生活圈子里，教授、作家、文学青年、大学生、报社编辑、记者、出版家川流不息。

她认真和不认真地读了一些书，跳跃式地吸收从家中来往的人中获得的系统不一的知识和立场不一的思想。她也写了不少的散文和短篇小说。

一时有所悟，一时又有所失。困扰在一种奇特的美丽的不安中。我们或多或少都有九嬢的性格，只是运气好，加上是个男人，有幸得以逃脱失落感的摆布。

她一天天地长大，成熟，有爱，却又无所依归。像《风尘三侠》中之红拂，令人失之迷茫。有的青年为了她而带着忧怨的深情远远地走了，难得有消息来往；有的出了国，倒是经常捎来轻浮而得意的口信。

她抓住的少，失落的多。在哥哥面前，她用撒娇和任性来填补惶惑，使埋头在纸堆里好脾气的哥哥不免手忙脚乱。

这时，从文表叔结婚了。

一个朝夕相处的哥哥身边忽然加入了一个比自己更亲近的女人。相当长期的生活突然名正言顺地起了质的变化。没有任何适当而及时的、有分量的情感来填补这迫切的空白。女孩子情感上的灾难是多方面的。上帝呀上帝！你粗心，把我的九嬢忘了……

抗战开始，一家人跟着学校来到昆明。

我完全不能理解年轻的表婶在新的家庭里如何对付这两个同一来源而性格完全不同的山里人。

表婶那么文静。做表侄儿的我已经六十多岁的人了，几十年来只听见她用C调的女声说话；着急的时候也只是降D调，没见她用常人的G大调或A调、B调的嗓门生过气。我不免怀疑，她这辈子究竟生过气没有？于是在日常生活中就细心地观察体会，在令她生气的某种情况下，她是如何"冷处理"的，可惜连这种机会也没有。这并非忍耐和涵养的功夫，而是多种家庭因素培养出来的德行和教养，是几代人形成的习惯。

她一跨进沈家门槛就要接受那么严重的挑战，真替她捏一把事后诸葛亮的汗。

抗战使九嬢和往昔的生活越离越远，新的动荡增加了她的恐惧和不安。

巴鲁三表叔正在浴血的前线，姑婆和姑公都已不在人间，云麓大表叔是一位不从事艺术创造的艺术家型的人，往往自顾不暇。当发现九嬢的精神越来越不正常的时候，送她回湘西倒成为较好的办法。

九嬢从昆明回到湘西的沅陵。他们兄弟在沅陵的江边以"芸庐"命名盖了一座房子。沅陵离故乡凤凰百余公里，是湘西一带的大城之一。乱离的生活中，我的父母带着除我以外的四个孩子都在沅陵谋生。当然，"芸庐"自然而然地成为亲戚们活动的中心。

巴鲁表叔那时正从第一个激烈的回合中重伤回来，也住在沅陵养伤。眼见送回来的是一个精神失常的妹妹，不禁拔出枪来要找从文二表叔算账。他是个军人，也有缜密思考的经验，但妹妹的现状触动了他最原始的情感。妹妹呆滞的眼神，失常的喜乐，不得体的语言是一种极复杂的社会化学结构。有一本名叫《精神病学原理》厚厚的大书的第一句就说："作为社会的人，每一个人都存在或多或少的精神病。"

像社会发展和历史可以触发到"天才"一样，也产生着精神病患者。事实上天才和精神病之间，只不过隔着一层薄薄的病历。

每个人只要冷静想一想都能明白九孃精神分裂的社会和生理缘由。巴鲁叔从此也沉默起来，不久又奔赴江西前线去了。

九孃的病在偏僻的山城很难找到合适的药物。抗战的沸腾令她时常上街闲荡，结果是身后跟着一大群看热闹的闲人。云麓大表叔和我的弟弟担当了全城寻找九孃的任务。

直到有一天，九孃真的应验了从文表叔在《边城》的末一句"也许明天回来，也许永不回来"的谶言。我们从此再也没有见到九孃。

在沅水的上游有一个遥远的小村名叫"乌宿"，河滩上用石头架着一只破船，那是一个"家"。九孃跟一个破了产改行烧瓦的划船汉住在一起已经很多年了。生的儿子已经长大了。

一九五〇年那时听说九孃还在。我从香港经北京、汉口回湘西时，曾有一位尊敬的大叔要我去乌宿看她，如方便的话给她一些资助。可惜我当时时间太紧，没能尽到这份心意，于他于我，都是十分遗憾的事。

《圣经》耶利米哀歌第二节：

　　你们一切过路的人哪！这事你们不介意吗？你们喜欢看，有像这临到我的痛苦没有？

　　多少年来，在从文表叔面前，我从来不提巴鲁表叔和九嬢的事，也从不让从文表叔发现我清楚这些底细。

　　我青年时代，有个七十多岁的忘年之交，他是当过土匪的造枪铁匠。我曾请他锻造过一支鸟枪。他常用手直接从炉膛里把烧红的钢管捏出来，随即用铁锤在砧上锻炼。我提醒他应该使用铁钳时，他匆忙扔下钢管，生气了：

　　"你嚷什么？你看，起泡了！烫得我好痛！"

　　也就是说，我若不提醒他，捏着烧红的钢管是不会痛的。真不可思议。

　　从文表叔仿佛从未有过弟弟妹妹。他内心承受着自己骨肉的故事重量比他所写出的任何故事都更富有悲剧性。他不提，我们也不敢提；眼见他捏着三个烧红的故事，哼也不哼一声。

四

一九五三年以前，我住在香港，一直跟从文表叔有书信来往。除我自己的意愿之外，促使我回北京参加工作的有两位老人，一个是雕塑家郑可先生，一个就是从文表叔。由于我对共产党、社会主义建设的向往，也由于我对两位老人道德、修养的尊敬和信任。最令我热血沸腾的是，我已了解到从文表叔当时的处境很坏。他的来信是排除了个人痛苦而赞美共产党和新社会。他相信我比他年轻，因而能摆脱历史的因袭，为新社会贡献所长。道理十分通达易懂，真诚得比党员同志的劝谕更令我信服。

可惜所有的通信，那些珍贵的蝇头毛笔行书，都在"文化大革命"中烧毁了。

我不清楚他如何跟时代结下了芥蒂。我想，其中的问题，文化历史学家们如果觉得还值得研究的话，终有一天会把这些有趣的材料整理出来。但在我们早些年的通信以及若干年的现实生活中，套一句国内常用的话，他和我对社会主义，是有"认识过程"的。

说到"认识过程"，对于我们，在"四人帮"或更早一些时期，一般我们是很少有机会运用的。总是来不及。有如军事训练中在食堂吃饭一样，好大一碗白饭下命令两分钟吃完！

"认识过程"在某些人身上却有一种洗刷干系、不负责任的特权。这句话一说，拍拍屁股，他什么事情都没有了。

我就有过这样的例子。

有这么一位同事，过去不认识，工作和口头说来没有发生过不悦的芥蒂，也很少私人接触，只是可惜一有运动他就盯住我不放，甚至迫不及待地将我推到火线上挨子弹的靶子位置，当然他一个人的心愿并不一定能成为事实，咬牙的恨恨神气却令人难忘。到了"文化大革命"，我被揪进"牛棚"，他在"牛棚"之外估计自己的处境一定也忐忑不安，即使在这种大动荡中他也没有放过我，千多人的斗争会，老婆、小女儿一起上阵，嚷了些我的"罪行"，成不了什么篇章。

"批林、批孔、批周公"时期，他也活跃得十分生动。等到"四人帮"服法之后，却是让人写出了一篇他"任何时候都没犯错误"的表白文章。

这一着聪明棋可是做蠢了。你在"反右"时期、"文革"时期都没有犯过错误？你想想，你是个什么人？你岂不承认自己是个小滑头？

好了！"四人帮"服法之后不久，他来找我了，沉重地

130

压低着嗓门告诉我，对我多少年的问题，他是有个"认识过程"的。

我笑了！我想，好呀！你呢，伤害人，想置人于死地，一次又一次"锲而不舍"，到头来倒是"认识过程"。

我呢？却永远在他的"认识过程"当"反革命"，当"反动的资产阶级文艺思想"代表。

连认错也吞吞吐吐，真是个可怜虫！后来我写了一首诗纪念他，题目是《不如一索子吊死算了》，戏称他为"失了业的奥赛罗"。

从文表叔和我的认识是扎扎实实用无数白天和黑夜的心跳，无数眼泪和汗水换来的。我们爱这个"认识"！值得！不后悔！

五

一九五三年我和妻儿一起回北京的时候，我是二十八岁，儿子才七个月。

从北京老火车站坐着古典至极的马车回到从文表叔的北新桥大头条寓所。那是座宽敞的四合院，跟另一和气的家庭同住。

解放前夕，他写过不少信，给我报告北京的时事以及自己当时的感想。

他直率地表示不了解这个战争，要我用一千、一万、十万张画作来反对这个让老百姓流血吃苦受罪的战争。我觉得自己的认识在当时比他水平高一点，能分得清什么是"人民战争"，和其他不义战争的性质。何况打倒国民党蒋政权反动派是当时有目共睹的好事，除了共产党和解放军，谁有本领做这种事呢？说做，不就成了吗？

不久北京傅作义的部队被解放军团团围住了。他来信说："北京傅作义部已成瓮中之鳖。长安街大树均已锯去以利飞机起落。城，三数日可下，根据过往恩怨，我准备含笑上绞架……"

这当然是一封绝望至极的信。我当时也觉得未必像他所说的那么严重，处境不好，受点羞辱是难免的。一个文人，又没投靠国民党反动派，杀你干吗？

一段时间没信来，接着是厚厚的一封：

"……解放军进城，威严而和气，我从未见共产党军队，早知如此，他们定将多一如我之优秀随军记者。……可知解放广大人民之不易……你应速回，排除一切干扰杂念速回，参加这一人类历史未有过之值得为之献身工作，……我当重新思考和整顿个人不足惜之足迹，以谋崭新出路。我现在历史博物馆工作，每天上千种文物过手，我每日为写毛笔数百标签说明，亦算为人民小作贡献……我得想象不到之好工作条件，甚欢慰。只望自己体力能支持，不忽然倒下，则尚有数万数十万件可以过目过手……"

以后就是一连串的这种谈工作，谈如何得意的信，直到我们重新见面。

北新桥的生活其实从物质到精神都是慌乱的。

两个弟弟在学校正忙得火热。表婶在一个权威中学也忙得身不由己。表叔自己每天按时上下班，看他神色，兴奋之余似乎有些惶恐。和"过去"决心一刀两断的奔赴还存在悲凉感。他尽量对我掩盖，怕我感染了他的情绪诸多不便。

有一个年轻人时常在晚上大模大样地来找他聊闲天。这不是那种来做思想工作的人，而只是觉得跟这时的沈从文谈话能得到凌驾其上的快乐。

很放肆。他躺在床上两手垫着脑壳，双脚不脱鞋地高搁在床架上。表叔呢，欠着上身坐在一把烂藤椅里对着他，两个人一下文物考古，一下改造思想，重复又重复，直至深夜。走的时候头也不回，扬长而去。

唉！我一生第一次见到这种青年，十分愤恨，觉得好像应该教训教训他。表叔连忙摇手轻轻对我说：

"他是来看我的，是真心来的。家教不好，心好！莫怪莫怪！"

第一次的这种体会对我二十多年以后的"文化大革命"的遭遇真起了一点先验的作用。那时多么渴望有一个真心能聊聊的朋友，粗鲁也好，年轻也好，这有什么关系呢？

那时能悄悄走来看看你，已经是一个大勇者了。

一九五四、一九五五年日子松劲得多，能经常听到他的笑声。公家给他调整的房子虽然窄小，但总是能安定下来。到中山公园、北海、颐和园玩得很高兴。五十多岁的人，忽然露出惊人的本事，在一打横的树上"拿"了一个"顶"。又用一片叶子舔在舌头上学画眉叫，忽然叫得复杂起来，像是两只画眉打架。"不！"他停下嘴来轻轻对我说，"是画眉'采雄'（交配的家乡话）。"于是他一路学着不同的鸟声，我听得懂的有七八种之多。"四喜""杜鹃""布谷""油子扇""黄鹂"……"尤其难学的是喜鹊！你听！要用上腭抵着喉咙那口气做——这一手我在两叉河学来费了一个多月，上腭板都肿了……"他得意得不得了。

"龙龙、虎虎听过吗？"

"对咧！他们一下长大了，忘了做给他们听了！"

就算说这些话距今也是三十多年了。

他还记得许多山歌。十几年前我的一位年轻的大朋友委托我向他求一张条幅，他却写满了情歌，而且其中一首毋庸置疑的是首黄色山歌，令我至今还扣在箱底不能交卷。

在他的晚年，忽然露出了淘气心情倒是有过三四回，甚至忘情地大笑起来，一次是因为两位老人家结婚提到喜联的内容时，他加了一点工就变成绝妙的含义，连眼泪都笑出来了。

一九五七年"反右"，倒给他逃脱了。这恐怕是上面打了招呼的缘故。不过即使上面打了招呼也还是戴了"帽子"的熟人倒也不少。行话叫作："自己跳出来！"

从文表叔在"反右"前夕出过一件有惊无险的巧遇。

那时"引蛇出洞"刚开始，号召大家"向党提意见"。表叔这个人出于真心诚意，他完全可能口头或书面弄出些意见来。他之所以一声不响是因为一个偶然的赌气救了他。

"鸣放"期间，上海《文汇报》办事处开了一个在京的知名人士的约稿或座谈的长长名单，请他们"向党提意见"。名单上，恰好著名演员小翠花的名字跟他隔邻，他发火了。他觉得怎么能跟一个唱戏的摆在一起呢？就拒绝在那张单子上签名。

我没听说过他喜欢京戏，高兴的时候曾吹牛用过几块光洋买票。看杨小楼、梅兰芳的《霸王别姬》，我半信半疑。即使是真事，他仍是逢场作戏。否则，看见自己的名字跟小翠花这京剧大师排在一起时就会觉得十分光彩，怎么生这么大的气？

由于对京戏的外行而失掉了"向党提意见"的机会，从而在以后不至于变成"向党进攻"的右派分子。小翠花京剧大师救了他，他还不知道。

曾有一个文化权威人士说沈从文是"政治上的无知"，这不是太坏的贬词，可能还夹带着一点溺爱。到了十年后的"文化大革命"时期，对"政治的无知"已成为普遍的通病，那位文化权威身陷囹圄浑身不自在时，灾余之暇，不知有否想到当年对沈从文的政治评价？虽然至今我认为还是说得对的，只可惜在历史的嘲讽中他忘了自己。

"文革"时期，被动的死和主动的死之间已在麻木的惊恐中变得毫无区别。即使活下来亦颇不易。毛泽东主席说过的"一不怕苦，二不怕死"的话已被人暗暗改为"一不怕活，二不怕死"。

"活"这个东西早不属于政治范畴。理性和良知被恶兽吞嚼殆尽。

老子曰："治大国若烹小鲜也。"

煎鱼的时候用锅铲不停翻动，岂不七零八碎了？

从文表叔跟所有凡人一样，的确很不懂政治，亦无政治的远大志向。解放后他一心一意只想做一条不太让人翻动的、被文火慢慢煎成味道过得去的嫩黄的小鱼，有朝一日以便"对人类有所贡献"。

客观的颠簸虽然使他慌乱，主观上他倒是不停地在加深对事物的"认识过程"。且从不失人生的品位。

有时，他也流露出孩子般天真的激动。五十年代苏联第一颗卫星上天，当日的报纸令大家十分高兴。

我恰好在他家吃饭，一桌三个人：我、表叔和一位老干部同乡大叔。

这位大叔心如烈火而貌如止水；话不多，且无甚表情。他是多年来极少数的表叔知己之一。我十分欣赏他的静默的风度。

"啊呀！真了不起呀！那么大的一个东西搞上了天……嗯，嗯，说老实话，为这喜事，我都想入个党作个纪念。"

党是可以一"个"一"个"地"入"的；且还是心里高兴的一种"纪念品"！

我睁大了眼睛，我笑不出来，虽然我想大笑一场。

大叔呢，不动声色依然是吃他的饭，小心地慢吞吞地说：

"……入党，不是这样入法，是认真严肃的事，以后别这样说了吧！……"

"不！不！……我不是真的要入党……我只是……"从文表叔嗫嚅起来。

大叔也喑着喉咙说："是呀！我知道，我知道……"他的话温暖极了，生怕伤害了老朋友的心。

六

要生活下去，就必须跟"它"告别而另起炉灶。

"它"，就是多年从事的文学。

从文表叔的决心下得很蕴藉，但是坚决。

三十多年来，只有过一篇回乡的短短的游记，其余的就是大量的有关文物考古的文章。不过仍是散文诗似的美。

钱锺书先生有次对我谈起他：

"从文这个人，你不要以为他总是温文尔雅。骨子里很硬。不想干的事，你强迫他试试！……"

这是真的。

倒也是对了。如果解放以后不断地写他的小说的话，第一是老材料，没人看，很容易扫兴；第二，勉强学人写新事物，无异弄险。老媳妇擦粉打胭脂，难得见好。要紧的倒是逢到"运动"，抓来当"丑化新社会""丑化劳动人民形象"的典型，命中率一定很高。

当时下决心不写小说，恐怕他也没有太多"预见性"，不过只是退出文坛，省却麻烦而已，也免得担惊受怕。

这个决心是下对了。

三十多年来在文物研究上的孜孜不倦见出了成绩，就这点看，说他是个老老实实、勤勤恳恳的一直工作到咽气的研究者，怕还不太过分吧？

七

文学在他身上是怎么发生的？

他的故乡，他的家庭，他的禀赋，他的际遇，以及任何人一生都有的那一闪即逝的机会的火花，这都是他成为文学家的条件。

在作品中，他时常提到故乡的水和水上、水边的生活。少年和青年时代，水跟船令他得到接触生活的十足的方便，加上年轻的活跃时光，自由的情感，以及对于自己未来命运的严肃的"执着"。

他说的那本"大书"，是他取之不尽的宝藏。他的用功勤奋，特殊的记忆力，都使他成为以后的这个丰盛的"自己"。

他成为作家以后的漫长的年月，好像就没有怎么认真地玩过了。他也不会玩，他只是极好心，极有兴趣地谈论，传达别人的快乐。为别人玩得高兴而间接得到满足。凡是认识他的人都了解这个特点。

他敏感于幽默。他极善于掌握运用幽默的斤两和尺寸，包括嘲笑自己。

他诚实而守信。拥有和身受过说不尽的欺骗和蒙受欺骗的故事，却从不自我欺骗或欺骗别人。他顽固的信守有时到不近人情的程度。然而他的容易上当常常成为家中的笑柄。

这就不能不提一提几十年以前我还能搭"末班车"地接触过一些故乡的风土人情。跟他的文学生活有一点关系的人事根源。

....

从文表叔的父亲，我的姑公。

我小时候总觉得他特别地对我好。他给我表演要他的关刀，双手平举被他磨光了把柄的石锁，一边还"嗷嗷"呼叫。教我把式、出拳的秘诀。要如何防人家的"叶底偷桃"之类。

我爸爸也跟他非常亲近，佩服他。

我记得他是时常出门，又时常回来。

家乡传说他"很有几手"。又说是一个小个子的姓朱的剃头师傅指点的。原只是"演武场手艺"，后来"立了门户"。三五个人近不得他。

那时候的剃头师傅挑了副讲究的木担子，一头是坐桶，一头是搁着铜脸盆、搭着毛巾的花架子。要剃头的人往桶上一坐，自己双手端着盛头发的托盘。从狭小的镜面里看得见自己皱着眉毛的模样。剃刀也是折叠的，刀背很厚，像一把缩小了的斫骨头的屠刀。

担子上搁着几个洋铁盒子，一个盛着明矾，一个盛着洋碱，一个盛着皂角，还有些梧桐刨花片泡的黏黏的液汁，小盒里一些细黄的生切条丝烟……

我对那些长得像冰糖似的明矾特别有兴趣，是为那些老家伙剃完大光头之后磨亮头皮用的。光就算了，还磨亮做什么？映着太阳有什么好？北门上开染坊后来当镇长的苏儒臣就是这样，好大一个脑壳，在城门洞钻进钻出，很刺眼睛。

姑公不用明矾，剃光了脑壳就算。他的脑壳很大，个子高不显。他坐着，小小剃头师傅踮着脚才看得见天灵盖。

姑公当年遇上朱师傅就是这样子的——

头"沙、沙、沙"地剃到一半，满头洋碱泡沫，朱师傅看见了院子里的石杠铃、石锁和刀枪架子。那时候姑公三十来岁，朱师傅怕是有七十多了。

"这些家伙是贵府哪位玩的？"

"我。"

"啊？练的是哪一路？"

"昆仑。"

"昆仑？咱们沅河没有昆仑哪！"

"过去有！"

"过去有？我怎么不晓得？"

"啊！你老师傅什么都晓得？看样子是门里头的？"

"不！进什么门？吃粮的。"

"广粮？黔粮？川粮？本地粮？哪样粮？"

"太平粮，哈哈……'金沙滩'一仗败了！……"

"那你？……"

"打不赢萧恩的那种角色。哈哈哈！"

就这样述起同行来。

还留着未剃完的小半边头，满脑壳淌着洋碱水，在石板院子里就"走"了起来。一个是有意求教，一个是耐心讲"解"。一边"搭"，一边"撒"，越来越紧，姑公忽然使了个绝扣，朱师傅手一抬再一反弹，姑公蹿出一丈多远，撞到墙上，顺

小虎结婚

墙根坐下了。

从此姑公当了朱师傅的徒弟。到后来，朱师傅两眼全瞎，沈家办喜事的时候，我父亲跟其他几个弟子用竹竿子从沙湾把他引来喝酒。那时大家称他为"朱鼓子"，是一种尊称。（这段故事为我父亲讲述，约其大意述之。）

姑公有一天下午躺在床上跟西门坡聂胖子表叔聊天，聊着聊着没答话了，原以为他睡着，却听不见应有的鼾声，一摸鼻息，知道已经去世。记得停灵时，他的个子太高，脚底下还垫了张小方桌。是在大桥头朱家巷的事。以前道门口的老家已换了人家。

八

从文表叔少年时跟的部队具体情况我说不上来。就我小时候对周围人情事物的回忆，可能还记得大意。

湘西十县那时候是由一位名叫陈渠珍的军人管领。名义上他是陆军三十四师的师长，实际上他的兵权很大，四川、贵州都有他的师长、旅长部下；家乡的戴季韬、顾家齐旅长，龙云飞后来成为师长的力量就更不在话下。所以家乡人往往亲昵地称他为"老师长"，也称他为"老王"。

蒋介石在我们那儿原先是没有"称呼"的，老老小小都直叫他"蒋介石"，一直到西安事变以后，才改为"蒋委员长"。跟着是《长河》一书中所说的"新生活"的到来。

在湘西人的心目中，当时的对头是何键，他是湖南省省长。

"老师长"壮实、魁梧，浓眉大眼，留着厚厚的八字胡。何键也留八字胡，是个地道的鹅蛋脸，倒眉毛，看长相就该挨打。

我们小学时就学拳术、搏击、打枪放炮、单双杠、"打野外"，自学骑马，是一种严格的学业规定，不许不及格。为的是长大了，谁来湘西就打谁。

陈渠珍老先生是有点雄才大略的，只是他缺少更长远的眼光。一个调理好的湘西，修一座新城门，造一道新"跳岩"，搞一片新市场，顶个屁用？

红军长征路过湘西，他闪开了自己的部队，并且还帮了些物质上的忙。解放后共产党念旧没有忘记他，不算他的老账，还请他上北京做第一届的政协特邀代表。

偏安非万全之策，在一九三五年、一九三六年前后，蒋介石的力量伸进了湘西，大兵压境，他即被请出去当了个闲差事。"中央军"的代表势力柏辉章展开了屠杀的新一页。他们原是杀给陈渠珍看的，陈却走了。

城边"考棚"的照壁不少木钉子上，经常挂着一串串的、从乡下割来的据说是土匪的耳朵（每人割一只左耳）。

蒋介石武力伸手之前，故乡好像生活在辛亥革命以来的传统中。我们幼小的心灵里除孙中山外，还知道有秋瑾、宋教仁、黄兴、廖仲恺这些了不起的人，本县穿将军服、帽子上顶着一撮白色羽毛的将军的照片也见过几张。如"田三胡子"、我小学同学陈绍基的爸爸陈斗南等。

凤凰县是陈渠珍的故乡，无疑就成为湘西的"首都"。军事、政治、经济、文化，凤凰县说了算。难得有人不听话。

陈渠珍有九或十一个夫人。此外，爱读点古书，对何键最大的容忍就是允许在学校里推广四书五经及《古文观止》，教授诗词格律。这从来是何键提倡的。

文化生活方面，湘西那时候除"汉戏"之外，还有"傩堂戏""阳戏""木脑壳戏"。年终演"还傩愿"时免不了又有一番热闹。

陆军新编三十四师师部有许多精英。副师长、参谋长、军需长、副官长、军法官、书记长……以下又有旅长、团长、营长诸般系列。他们都是走南闯北的人，京戏因此成为所有人的时尚，上发条的留声机是时髦的传播媒介。黄昏时分，到处都响起了二胡声与高亢的嗓子，讲究的还有全堂锣鼓。

师部的幕僚文官靠着鸦片烟灯，过足了瘾，不免就连比划带唱地摇摆起来。

凤凰县的吃有自己一套体系。酒的品味是开放的，五加皮、包谷烧、绍酒、水酒一概欢迎。菜特别着重油、辣、麻、辛。再突出"浓""野"二字。不论官职大小，都以能弄出一两手好菜为荣。

年轻的军官有自己的抱负，逐渐地外流，以致使得这个真正"割据"的部队越来越显得"古典"。形成之后的落寞。

但那时候不同，那时候很兴旺。县城里有为部队服务的"枪工厂""皮工厂""木工厂"，用火油发电，大桥头"枪工厂"出现了引得全城轰动的第一盏电灯。"无线电队"开始为部队服务。无线电队第一次向群众公开，在"箭道子"鼓楼来个公开表演，机器摆在楼上显眼地方，老柳树上架着大喇叭，就是能听得到上海的梅兰芳唱戏。傍晚三四千人站在广场，满耳呼里呼啦，什么也听不见。于是就骂起来：

"你妈！听我个卵！梅兰芳，霉豆腐都没有！还讲无线电，那么多'线'还'无线'！骗哪个？"一哄而散。

部队分散在沿江各处，相对安定的时候，小首长当然也是如此这般地安排生活。从文表叔青少年时期跟部队在一起时，性质跟我了解到的这一些，相距不会太远吧？

我父亲当年的同学和朋友大部分都靠这个部队养活。黄

147

锦堂、方麻子方季安、方仲若、段易寒、顾家齐、戴季韬……这些人都是很有棱角、风采各异的人物。值得在以后有空的时候慢慢记下些有趣的逸事。

另一位田君健，他就是准备跟从文表叔与巴鲁表叔一起写"抗战史"的合作者。一九二七年以前凤凰县中国共产党的重要成员之一。十年之后却成为国民党的抗日将领。他对国民党当时的腐化堕落有沉重的认识，命运的安排却叫他和他一师的部队战死消亡在"辽沈战役"（或是"淮海战役"）战场之中（《毛泽东选集》附注中点到了他）。奇怪故乡凤凰县新编的县志好像没有写到这些事。是回避呢还是不知道呢？我觉得一部历史的编写，重在详尽的纪实。好心的取舍总不免流于主观，对历史反而无益。史料是给人用的，于历史人物上加上良好愿望的取舍，虽属好心，效果却成白费。天长日久，令人浩叹！

做学问，求知识，编"志"书，不宜跟佛教小乘中学。《七诵律》有云：

"我听啖三种净肉，何等三？不见，不闻，不疑。"

要周全，哪能不疑、不闻、不见呢？

九

从文表叔对政治有情缘，有感受，只是没时间和兴趣培养分析能力。心里没有政治，大不了落个"无知"的称号；对政治发生兴趣会落个什么下场，那就只有天知道了。他太忙，倒成全了他。

江青是他在山东教书时的学生，对从文表叔是有好感的。美国女作家威特克那本书里记录在案。

江青服法之后，家里不经意吐露过一些零碎事情。她跟从文表叔一家并非只是淡漠的师生关系来往。曾趁表叔不在家的时候，热心度量过表叔的衣服尺寸，要给他织一件毛衣呢！

那时，从文表叔、兆和表婶已经结婚了。要不是来往密切，就不免显得唐突之至。

此外，表叔婶几十年来从没提起过江青，江青自然也未提过沈从文，除了她这次得意忘形的例外。

这一切，也就烟消云散了。

老子云："得之若惊，失之若惊，是谓宠辱若惊。"

幸好江青几十年来把从文表叔忘记了。也幸好从文表叔没有往上凑合。好险！

康生是个有趣味有点学问的人。可惜做了那么多深刻的坏事，不得世人原谅。他死的那天，报上发了消息，我在表叔家提起这件事，表叔流下了眼泪。

"你哭他干什么？他是个大恶棍！大坏蛋！"

"哦！是吗？唉！中国古代服饰史方面，他关心过啊！……"表叔说。

郭沫若为他那本书写过序，逝世之后，不知他哭过没有？

对于政治学习，我跟他有许多相像的地方。记不起政治术语、概念、单词，尤其是在学习会上发言用不上，显得十分狼狈。

初时的荒疏形成日后的畏惧。

说的是"政治决定一切"，是一切从属物的"祖宗"。又说："你不关心它，它也要关心你。"

林彪也说："政权就是镇压之权。"

几十年来在我们心里头不免形成"物我两忘的境界"。不想它倒没事，一想它就不能不怕。

"关心政治"是对的，不"关心政治"是错的；到了运动一来，揪出来的人都是因为太"关心政治"，倒了大霉。

"没有调查就没有发言权！"说得对极了。有了调查，有发言权没有呢？于是学习会一下变成"引蛇出洞"的打蛇现场，发完言后，原本应是"闻者足戒"的那些人忽然翻了脸，连想说"咦？你们原先不是说……"的机会都没有。

既联系不到实际，其本身的专注又带来可怕的后果；生活、工作、学习、休息都受到干扰，静静承受，在夹缝中偷偷地把微小的理想具体化吧！

"四人帮"死笨！不准我们教书，不准我们参加社会活动，不准我们发表作品，把我们留在家里，支同样的工资，叫作"把他们养起来"，结果累坏了那些老实的"好人"。又是教书，又是游行开会，又是政治创作任务，成天在外头转来转去不得休息。要换我是江青，就把我姓黄的抓来，按时上下班，一天交三十张画，就十二元工资，看你姓黄的心里还笑不笑？江青不这样。她想不到这么深刻的地步。她坏也坏得浅薄。以致使得我们在这段宝贵时间里读了许多好书，画了足够个人开十个展览的画。一个朋友对我们当年的处境提过尖锐的意见：

"当年你们显得不够沉重，不够凄惨，不够'抬不起头'。太轻松，太得意。我替你们捏一把汗！……"

"四人帮"在那么漫长的时间里，十亿人让那一小撮混蛋耍弄，真是天大的笑话。

幸好表叔和我那时的价值处于"才与不才之间"。因为"运动的重点"是整那些"党内走资本主义道路的当权派"。

归根到底，还是实实在在做些事情好。

我们共同的一位好朋友在信中规劝我说："……要善自珍摄……"看来这是上上签，只是达到这种境界真不容易。

表叔死了，我也到了"天凉好个秋"的年龄。对于人的情分既有过"相濡以沫"的际会，也能忍得住"相忘于江湖"的离别；在生活中可以"荡漾"，也经得起"颠簸"。这都是师傅逼着练出来的。"严师出高徒"嘛！还是不应该有太多的怨尤为好。

十

表叔在临终前两三年，得到党和政府的认真关注。给了他一套宽大的房子，并且配备了一部汽车和一位司机。遗憾的是太晚了。他已没有能力放手地使用这套房子。如果早二十年给他这个完美的工作环境，他是一定不会辜负这种待遇的。眼前他只能坐在推车上。熟人亲戚到来，说一点好朋友近况，他听得见却只能做出"哇，哇，哇"的细微声音和夺眶而出的眼泪的反应。

去年，我从家乡怀化博物馆的热心朋友那里，得到一大张将近六尺的拓片，从文表叔为当年的内阁总理熊希龄的年轻部属的殉职书写的碑文。字体俊秀而风神透脱至极。我的好友黄苗子看了说："这真不可思议；要说天才，这就是天才；这才叫作书法！"

书写时间是民国十年，也即是一九二一年，他是一九〇二年出生的，那时十九岁整。

为什么完整地留下这块碑文呢？因为石头太好，底面用来洗衣十分光洁适用。

我带给表叔看，他注视了好一会儿，静静地哭了。

我妻子说："表叔，不要哭。你十九岁就写得那么好，多了不得！是不是？你好神气！永玉六十多岁也写不出！……"

他转过眼睛看着我，眼帘一闪一闪，他一定在笑……

十一

去年精神好的时候，还坐在椅子上看凌宇写的《沈从文传》的初稿，还能谈出意见。

那时候曾经起来走过几步路。

更早些年住在另一套比较小的房子的时候，英国BBC的《龙的心》电视专辑摄制组访问过他。他精神好，高高兴兴地说了许多话，有些话十分动人：

"我一生从事文学创作，从不知道什么叫'创新'和'突破'，我只知道'完成'……克服困难去'完成'。"

又说："……我的一生的经验和信心，就是不相信权力，只相信智慧。"

有一次我也在场，他对一个爱发牢骚的搞美术理论的青年说："……泄气干什么？咦？怎么怕人欺侮？你听我说，世界上只有自己欺侮自己最可怕！别的，时间和历史会把它打发走的……"

我们祖国古时候叫"砚石"作"砚田"；叫作文谋生为"笔耕"。无疑文章可以叫"字米"了。

农民种地出米，文人笔耕出字，自来是受到尊敬的。

对政治生活，我看各行各业只要有个正确的倾向应该算是很政治的了。努力工作就是政治的一把好手。

又是文艺家，又必须努力用百分比很大的时间去学习政治，比如五十年代上半段学《联共（布）党史》，就花去人们太多时间和精力。把这些时间用在工作上，要上算得多。以后一个运动接一个运动，非本行的耽误太多，影响了国力的充实，这是大家都看得到的；还不论对于人们的伤害。学习政治的目的不过是要人认识政治的好处，结果却是身体内外都感受到政治的阴险可怕。

比如文化艺术界不管男女老少都要下乡下厂体验生活，和劳动人民做朋友。学他们最本质的高尚品德，跟他们同呼吸、共患难……全世界古往今来也没有过这样教育人，使人自豪、高尚、有出路的"文艺宪法"。而且还订下具体措施，给予支持、鼓励和物质帮助。说给外国朋友听，莫不羡慕而神往。

不管在"政治"上当时我被看作多么地没出息，及至老年后的追思，从这些漫长的活动中，得到的教益真令我感激不尽。

但是问题也就在这里。事情很多做过了头，忘记下乡下厂的本来的意思。很多时间用在访贫问苦、种地、挑粪、挑水上，女同志还帮贫下中农洗衣……用意很好，可以深化改造思想的功能，只是影响了本职工作，忘记我们是干什么来的了。

回去开总结会，总是强调思想收获很大。纵或提到本行业务的收获，也很难理直气壮。结果是，往往不搞业务的人下乡和回来时的嗓门最大。因为他们可以全力投入在劳动上，而不像专业人员无论如何也逃避不了三心二意。

年老和年轻的、党外和党内的差距自然而然也就更大起来，各自揣摩"革命形势大好"的含义。然而在乡下交了朋友，培养了感情之后，回来却不免充实一种孤独的幽默：

"为什么每一次我碰到的乡下形势都不大好呢？"

要我们到实际生活中去，又不要我们在实际生活中接触实际，联系专业，那么，让我们下乡干什么呢？

年年城市、乡下来回奔波，劳累而丰富的生活却只要简单地在回来汇报总结时说一声："好！"

人于是就变得聪明了。深情地吸收、发掘、探索，在发展变异的生活中，出现无边无际的人民的伟大的悲欢。却装作像个木头人睁大着茫然的眼睛：

"我什么也没看见，也没听见，也没说过，也没想过，也没写过。"

我不知道辛格、卡夫卡、海明威、斯坦贝克，甚至托尔斯泰、左拉、巴尔扎克、福楼拜、狄更斯，甚至伏尔泰他们，有没有碰到调整领导关系的问题？但只看见受他们文化成果的启发的人们，一代比一代聪明。

…………

思想的活跃是绝对的；被禁锢和开放的形式是相对的。即使是不说话的鱼，它也有表达思想情感的特殊方式。何况乎人。

…………

三年困难时期，我带着几十个大学三年级的学生下乡，地点在辽宁金县朱家屯的渔村"黑咀子"。我把不到四岁的女儿也带在身边，让她长长见识，虽然生活艰苦，也是十分值得。

她睡在一堆高高的旧鱼网上。跳蚤多，咬得满身红点，成天跟渔民混在一起。新鲜而健康的生活，使她忘记了北京和妈妈。

有一个十八九岁的女孩子打从五里外的一个村子来看她，说要把女儿接走上她家去玩，晚上再送她回来。

很难推托这真挚的好意，也不免担心一个四岁大的女儿让一个陌生女子带到五里外去。我于是只好陪同前往。

真难以形容那位女孩子的高兴，一路上不停地哄着我的女儿说要给她一个好东西。一些辽宁的方言我并没有完全听懂。

好不容易来到一个小山坳里，错落分布着几座土屋，人都下地了，"呱呱鸡"（一种苇子里做巢的小鸡）噪得厉害。

女孩子急忙从怀里取出钥匙开了门，左边一单人床大的火坑，还温温地培植着白薯秧子。

"你看，你看，我会给你什么？等着瞧，你看我给你什么？"

她踮着脚站在炕沿上，打开炕头小木柜上的锁，取出一个蓝布包袱来。打开包袱还有一个层层绵纸包着的东西——

"你看，你看，我给你什么……"

她手里托着一个鸡蛋大小的、干硬了好些时候的白面馒头。我绝对没有想到竟会是一个馒头。

它是个精心制作出来的浑圆的小白面馒头；可能因为找不到胭脂红，只在中间用蓝墨水染上一朵小花。是一个乡村女贫乏而珍贵的藏品。这会是哪年哪月的东西呢⋯⋯她用了多大的忍耐才留到今天？她也是个孩子呀！

馒头是麦子做的，是她和她的父母兄弟种出来让大家吃的⋯⋯难道她只有这一点珍藏的权利？

女儿几乎看傻了。

我提醒女儿说："谢谢姐姐啦！"

女孩子高兴得什么似的："不用谢！不用谢！你快吃呀！快吃呀！你吃呀！⋯⋯好吗？你快吃呀！⋯⋯"她蹲着，两眼笑眯眯地看着我女儿。

然后她又忙着给我们烧水喝，让女儿坐在她的身边。她拉的风箱使女儿着了迷。⋯⋯

回来的路上剩下我们父女。我们原先没有说话——后来一路上也没有说一句话。

我真抱歉，让不到四岁的女儿体验到这些人性的痛苦。⋯⋯

快到门口的时候，女儿回头睁着大眼睛望了我一下。

像是一种默契。

十二

一九六三年北京城有过一次重要的文化活动，把在京的部分文艺工作者集中到中央团校学习，然后组织成一二十个分队到全国各地去开展文化工作，名字叫作"中央文化工作队"。我们的队去辽宁盖平县。在那里，整整待了一年。

我们的队以一个中央级的西洋音乐班子为主体，配搭着京戏、话剧、舞蹈演员和有我在内的两个画家。

大雪天，我们来到一个叫 C 屯的村子。说是来工作、来服务的。农村也的确十分干渴地需要文化生活；遗憾的是我们中央的牌子太大了，难免要惊动省委、地委和县委，因此所到之地，事先已经有人去打招呼，安排料理生活起居、交通往来、演出场地……结果出现了一个为中央文化工作队服务的专业工作班子。周到而客气，气氛热烈，有如植树节首长们的植树活动。

C 屯是一个千来人的村子。我们开展了访贫问苦，参加劳动，座谈会，以及演出活动。演出活动分两种，一种是我们为农民演出，一种是短期培训农民和我们一起演出。

临别前夕的演出十分动人。全村十几二十岁没出嫁的大姑娘在台上居然跳起专业性的舞蹈来。连做父母的也觉得奇怪："啥时候闹的？学得这么快？三两天就上台了？"

主客双方都兴奋。全村四处都亮着灯直到天亮。

天一亮，我们就告别了。回头远远地还看见 C 屯的人黑压压一片站在村头不散。

雪大，各人背着背囊和乐器的队伍逐渐拉开，有点零落，累。

一位管事的女高音跟我走在一起；她喘着气，热心地告诉我：

"……昨天半夜，有人来敲我们女班的门，是村子里你说她长得漂亮的那个阚春兰。"

"哪一个？我怎么忘了？"我累得糊里糊涂！

"瞧你这人！《夫妻观灯》的那个妻嘛！"

"啊，啊！对，对，她怎么哪？"

"……一进门就抱着我大哭。说自己对不住我们工作队，骗了我们。她说她不是贫下中农子女，是富农子女。她想玩，想跟我们工作队一起，说自己是贫下中农子女，还上了台。说我们对她那么好，她骗我们不应该，不讲良心，要我们原谅她……女班的人都醒了，吓住了……有人觉得事情很大……"

"有多大？"我问。

"是阶级立场问题。"她说。

"你有没有想到，C屯的支书糊里糊涂？"

"唔，有点……"

"队长知道了吗？你汇报了？"

"没来得及。"

"今晚上，×家村还有演出，大家累死！队长事也多……"

"今天不汇报。"

"以后呢？日子长了你还记得？"

"可能忘了！"

"你一定忘了！"

她笑了，摇摇头，轻轻叹一口气：

"我会忘的！"

二十五年过去了，经过了"文化大革命"，我十分想念那位女高音。在我回忆中，她，她，她也是很漂亮的……

十三

一九五九年我教的一个毕业班的一位学生使我很生气，他的毕业创作居然是一幅在电影学院念书的女朋友的头像。

这肯定是通不过鉴定的。

他居然不在乎。简直是一点也不在乎。

那么轻率，寥寥几笔，怎么看得出这五年来的辛劳。

我把他叫来痛骂了一顿。他只是听我的话，对我好，但作品却是那么不争气。

最后，因为我自己要下乡画画，便决定命令他跟我一起去，以便有机会盯住他，让他能完成一幅较扎实的作品。

我们回到了我的家乡凤凰县。

从县里到一个名叫"总兵营"的山里，翻山越岭要走七十多里。决定出发的那天忽然下起铺天盖地的大雨。

还有一位十七八岁搞美术的孩子跟着我去，是县里派来给我做向导和干点杂事的。这孩子根本不情愿去，他家里有什么事，加上身体不怎么结实。

出得城来，沿河上行不到半里全身已经透湿。那位"高足"兴奋之至，不停地唱着"娃西丽莎"之类的苏联歌曲。家乡青年一副淋了雨的无可奈何的脸孔，更添几分愁苦。

凤凰县出北门溯河上行不远，就是逐渐陡峭的峡谷，两旁树林在"大炼钢铁"之前是森可蔽日的。我们得经过一些散落而讲究的苗寨，一些"碾坊""油坊"，像穿过梦境般地走出一二十里的竹林。

往日的晴天，你有机会看见懒洋洋的金钱豹在高高的山崖上晒太阳。现在不行，整个世界都泡在雨里。

走五里来到"堤溪"。

"堤溪"是这么一个所在。

它是峡谷最幽深、最动人的地方。舒荡的河流水清见底，横着一道渡人的"跳岩"。"跳岩"这东西不说清楚不明白。一二尺乘一尺多见方那么粗，七八尺长的长方石头条，一根根成两排地直插彼岸，高出水面四五尺。人就踩着石头过河。

听着嬉闹的水声，脚下晃荡着水流的影子，周围一片深浅的绿，往往弄得渡人心乱神移。

"堤溪"渡头是一个半圆的小石码头，因为对岸远处山里有几个"墟集"，好天气时就会引来无数的过往客人。于是好久好久以前，冲着"跳岩"，诗意的古人就盖了一座两层的小木房子给旅人供应茶水，间或卖点草鞋，直到后来的火柴、香烟。

现在是下雨，好不容易我们来到这座小木房子里。一身是水，才走了五里，还谈不到卜路。

主人清癯瘦小，面目雅致，长年幽谷的生活使嗓音也显得淡远可听。几根短胡，一排整齐的牙齿笑得很好。

敞开的门摆着小小的香烟摊子。

"……你们是哪里人哪？"

"我们是凤凰人。"

"啊！出去多年了吧？"

"是呀！二十多年了。"

"哪条街的呀？"

"北门上，黄家的。"

"你是黄校长的儿子吧？"

"是呀！"

"那是师兄了。我是他的学生哩！比你晚多了！那么大雨，你们上哪里去呢？"

"上总兵营，我们是画画的。"

"哎呀！你看，柴都湿了，茶都没有一杯，真不好意思——嗯！上总兵营好久呀？"

"两个月。"

"那嘛！天气好，我到坡上摘点野茶叶弄好，等你们回来尝尝。"

"那太好了！我们一定回来找你喝茶！"

我们三个人在总兵营足足待了两个月，画了些称心的画。只是那个小家伙颇为烦人，又不明确地说想回城里，只是哼哼唧唧，愁眉苦脸。说是来照拂我，反过来让他一个人回城又拿不出胆子。我们走哪儿他也跟哪儿，只是觉得被动。仿佛我们身边贴着一根哭丧棒。

学生倒是挺开心，自得其乐地哼着苏联情歌。赶场赶墟的时候，居然头上也包裹着又大又花的苗头巾，引来许多好看的苗族女孩的眼色。

两个月很快地过去了。

我故意提议翻山越岭不走正路回城，让那个斗志不怎么样的小子吃一顿最后的苦头。他总算熬过来了。过了"跳岩"，我们来到小木楼跟前，店门上了"板"，只好坐在石阶上歇脚。

真令人遗憾。两个月来，我倒是时不时地想到将要喝到的野山茶，不料成为泡影。

主人今天进了城吧！

剩下的五里路好不容易走完，小家伙也如逢大赦地回了家。

三两天之后，在我回家的坡上路边搁着一副门板，棉被底下躺着一个死人。盘腿坐在旁边的瘦小的老太太呜咽着，轻轻拍着被子。

"孩子呀，孩子！你怎么这么蠢啊？……"

晚上我偶然地提起见到的事。母亲告诉我：

"造孽！那人姓×，是我以前的学生。本分老实了一辈子。'堤溪'替公社摆个香烟摊，前两天，让过路没良心的偷走了三块钱，不好交代，也没钱还这笔账，想到没路走了，关上店门，上楼一索子吊死了……公社几天没见他交账，才发现他挂在楼上……"

唉！那么说，我们从"总兵营"回来在他门口台阶上休息的时候，他还挂在楼上哪！

三块钱逼死一个人的日子，但愿永不发生。

十四

讲了三个故事，说明在生活中有的感受画不出来。要写。有的呢，即使写也写不出来，太惨了。所以，世界上心灵的作家到处都是。

从文表叔在当专业作家之前，他早就是个心灵作家了。长大一旦觉醒，就是个当然的优秀作家。他不仅会讲故事，还是一个会感应的天才。

会感应，会综合，会运用学识，加上良好的记忆和高尚的道德，他的成绩真是无愧一生。

自从他告别了文学之后，我有时几乎忘记他是位文学老手。这真是我的莫大损失，没有更多地听他谈谈文学的见解，尤其是解放后他不断地远离文学活动之后的见解，听听他对于现代文学客观的意见。

他是一位极能排除困难、超脱于自我而工作的智者。眼看他逐渐老去，却从未褪去雄劲的生气，他一定会谈出有关文学命运的精辟意见。

回想"文化大革命"那些年月，出名的文学泰斗彻底地否认自己，公开认了错，有的成为中药里的"甘草"。那时候的文苑，充满了王维的诗意，只有三两个姓什么的人在"独钓寒江雪"。

当年轰轰烈烈的文学理论论争，神圣的如别林斯基、车尔尼雪夫斯基、普列汉诺夫，都被抛到九霄云外。毛泽东主席的《在延安文艺座谈会上的讲话》和鲁迅语录，被不同方式、不同角度地广泛引用。甚至掩盖上句只用下句，不管原文前后到底说的是什么意思，来为自己的雄辩服务。

弄得我至今留下后遗症，非常敬畏现代小说和谈论文学戒律的文章。

"四人帮"垮台到如今好些年了，世界重新认识了沈从文，这和他原先在文章中所提到的"我和我的读者都行将老去"的预计不太相同。五四运动以来从事文学工作的何止千万，为什么就想起他们几个人？

"屈平辞赋悬日月，楚王台榭空山丘。"

应该接近于这个意思的吧！

年轻一代人，说到沈从文，还以为他是一位刚从写字台面露出头皮的新作家咧！

这说奇也不奇，因为文学规律本身并无新旧之分。只看是谁在动手。好像高明的作曲者把七个音符玩得天花乱坠一般。虽然这都是人做出来的，但不是任何人都做得出来的。

文学创作个别的发端跟其他艺术的动机一样。历史上作者的经验都各不相同。有的受历史题材的触发，有的受别的题材的触发，甚或某些抽象感觉或某个具体小物件的触发，出现了创作的火花。

作者本身，不论年岁，无不有从书本或生活中积累无数故事或写故事的本领。至于那点世俗称为灵感的东西，并不一定每次都自单纯的故事触发产生。

说得再好不过的是契诃夫和高尔基一次黄昏山坡上散步的经验，契诃夫指着破屋子边被夕阳照亮的一个空罐头盒对高尔基说：

"你信不信？用它我可以写一篇小说。"

安徒生也有过这种墨水瓶灵感的经验。

从文表叔一次告诉我，写某篇东西是因为前一篇"太浓"。

画画，"四人帮"垮台之后我才敢说，我用这种办法作画及木刻已经多年。有时因为呆坐着听政治报告无聊，两眼呆望身边掉了绿漆的门板，才赶着回家画了一幅荷花。在那时，荷花帮我完成了我捕捉到的感觉。

我儿子十一二岁时，他评价一碗菜汤说："这汤味道真圆。"女儿跟他都一齐长大了，至今还嘲笑哥哥概念上的错误。我看，儿子使用这个字，是费了一番心思的，不一定错。

概念和感觉的交错或转嫁，使美的技巧增加了许多新鲜。从文表叔的文章中，运用这种奥秘十分熟练。所以水气盈盈，把故乡写得那么多情，是有道理的。

几十年的"主题出发""主题先行""领导出主意，画家出技巧"不知道坑害了多少人的光阴和劳力。这一切曾经正确过的理论，跟不上发展着的生活和头脑了。把一些好事错当成危机而已！想起错过的年月，真令人忧伤。

我没有听从文表叔长篇大论谈过文学。他是个作家，不是理论家。经验和感觉能提高文学的品位，这也不是学校教得出来的。

文学上的造诣，开头三两句就能看出功力，是谁都明白的事。至于故事，绀弩老人说得清楚不过：

"要看谁来说它！"

一个短短的笑话，有的人说起来，舍不得"丢包袱"，翻来覆去享受他那点有机会发言的快感，却苦了周围的朋友。作为读者有时看了一些诚恳而无天分的小说，不免为他叫屈，何苦投胎做作家呢？从文表叔曾经开玩笑说："写了一辈子小说，写得出色是应该的；写得不好，倒是令人想不通！"

十五

全世界都知道，"爸爸"这个名分的尊严。

"文化大革命"的年月，幼小的孩子们眼看着自己的爸爸在大庭广众中挨斗受凌辱，脸上画了花，头发给剃了一半，满身被吐了唾沫，颈上挂着沉重的牌子。散会的时候，孩子等在会场外面，迎着自己的爸爸，牵着他的衣袖轻轻地说：

"爸！我们回去吧！"

孩子忘了羞辱，眼前只是永远的爸爸。

从文表叔是我最末的一位长辈，跟他相处三十多年，什么时候走进他的家，都是我神圣的殿堂。

一九五〇年在中老胡同跟表叔表婶有过近一个多月的相处。那时他才四十八岁。启蒙的政治生活使他神魂飘荡。每个星期天从"革命大学"回来，他把无边的不安像行装一样留在学校，有一次，一进门就掏出手巾包，说是给小表弟捉到一个花天牛，但手巾包是空的，上头咬了一个洞，弯腰一看，裤子也是一个洞，于是哈哈笑着说："幸好没有往里咬。"

这是真的快乐，一种圣洁的爸爸天赋的权利。

我回香港不久，听说他自杀了。表姊没给我写信，是熟人曲折告诉我的。可想而知，以作家的身份在生活中遇到了生与死的考验。知道获救的消息，我松了一大口气。

这是没有必要的。他还不太了解彼时的党；当然，当时党领导下的文坛也不了解他。

他是一个不善于解释也从不解释的人。早该自杀而不自杀的人多的是，怎么会轮到他呢？

像屈原说的"内惟省以端操兮，求正气之所由"吗？大家那么忙，谁有空去注意你细微的情感呢？

这个举动可能是他精神上的大转折。活过来之后，他想通了。一通百通，三十多年前的事好像发生在别人身上，他生活得从容起来。写到这里，不能不把那两句出名的语录再变一变：

他"死都不怕，还怕活吗？"……

对于自杀这个插曲，我认为不像他。

什么叫作精神分裂呢？大概是自己觉得太不像自己的一种紊乱情绪吧！天地良心！任谁那时候也控制不了自己。

多少年来，他有一个时相来往的严肃而温暖的集体。我有幸见过他们几面。有杨振声先生、巴金先生、金岳霖先生、朱光潜先生、李健吾先生……他们难得来，谈话轻松而淡雅，但往往令我这个晚辈感觉到他们友谊的壮怀激烈。

老一辈文人的交谊好像都比较"傻"。激情不多，既无利害关系也无共谋的利害关系。清茶一杯，点心一小碟，端坐半天，委婉之极。一幅精彩的画图。这给了他极大的慰藉和勇气。

自杀的原因，有人说是因为他儿时的一个游伴，后来当了军队大领导的一席谈话；也有说是一位记恨的女人的一席谈话；等等。这都是无稽之谈。一个人一两句话只有在产生物质的巨大力量时，才能决定人的生死，比如说，江青说某人很坏之类。前二者的力量有限之极，何况那位当首长的儿时游伴的谈话，虽然粗鲁，却充满好意。

几十年来家里再没人提起自杀那件事，各种谣言都静寂下来，只剩下一点点巫婆的咒语。迷信的时代已过，区区几口仙气恐怕连上供的蜡烛也吹不熄了。

表叔对于别人的忘恩负义与毁谤及各种伤害，他的确是没有空去对付的。他放不下工作，也没有想去结交一些充实报复打击力量的人缘。他也不熟悉文坛现代战争的路数。听

见不时传来的"啾啾"之声并非不难过，只是无可奈何！有
时谈到，也是很快就过去了。

爱默森在他论"喜剧性"的文章中说过：

"我们最深切的利益是我们道德上的完整性。"

从这个角度来衡量生活中的正负之差，很容易令人得到
历史性的慰藉。

十六

巴鲁表叔小时候吃苗族奶妈的奶水长大，身材高大俊美。
从文表叔只是长得秀气。虽然小时候有过锻炼，给几十年后
的劳累垫了底，但终究还是算不上钢筋铁骨，心血管和脑子
少不了出些毛病。

五十年代初已是如此。

可是托人买了点什么"好药"，又是什么地方送来了"偏
方"，好像都无济于事。经济也不宽裕，全家开始着急的时候，
鬼使神差地听了谁的话，按日吃蚕茧里的蛹，喝橘子水，血
压和心脏病居然好了起来。

在从文表叔家，多少年来有一位常常到家里走动的年轻人。
后来又增加了一个女的。他们总是匆匆忙忙地夹着一大卷纸

或一厚叠文件包，再不就是几大捆书册进屋，然后腼腆地跟大家打个招呼，和表叔到另一屋去了。

这种来往何时开始的呢？我已经记不起来。只是至今才觉得这两位来客和我一样都已经老了。那还是从文表叔逝世以后的有一天偶然的见面才猛然醒悟到的。

作为我这个经常上门的亲戚，几十年和他们两位的交往关系，只是冻结在一种奇妙的"永远的邂逅"的状况之中。我们之间很少交谈，自然，从文表叔也疏忽让我们成为交谈对手的时机。三方都缺乏一点主动性。

解放以来从文表叔被作践，被冷落，直到以后的日子逐渐松动宽坦，直到从文表叔老迈害病，直到逝世，他都在场。

表叔逝世之后，我们偶然地说了几句也是关于表叔的话。他说：

"……我每一次来，也没让他见着我，我站在房门外他见不着我的地方……他见着我会哭；他说不了话了！……"

听说他是一位共产党员。另一位女同志是不是我不知道。

我不敢用好听的话来赞美他们，怕玷污了他们这几十年对从文表叔的感情和某种神圣的义务。

从文表叔八十大寿

十七

从文表叔对马克思列宁主义、毛泽东思想是个什么态度呢？这是个有趣的问题。

我从来没听他谈过学习经历和心得。

我们这些政治上抬不起头的人有一个致命的要害，就是对熟人提起"学习"就会难为情。

他书房里有《马克思恩格斯全集》（还是选集？）、《列宁全集》，自然还有《毛泽东选集》，还有《鲁迅选集》，记得还有《斯大林全集》（选集？）和《联共（布）党史》，其他的学习材料也整整齐齐排了几个书架。

我家里当然也有这一类的书，但没有从文表叔家的"全"。他是真正在"革命大学"毕业的。说老实话，对于《毛泽东选集》四卷，必须都要认真学习之外，其他马列书籍我有时也认真地翻翻，倒是非常佩服马、恩、列知识的渊博、记性和他们归纳的力量。斯大林的文章每一篇的形成和反映的历史背景以及挥斥权力、掌握生杀的那股轻松潇洒劲头，都令我看了又惊又喜。

有时从中也得到自鸣得意的快感。比如恩格斯的《自然辩证法》中说到蓝眼睛的长毛白猫都是聋子的论点，我却暗暗在心里驳倒了他的不是。因为我家里的长毛蓝眼睛白猫的耳朵却是灵敏异常。轻轻叫一声"大白"，它就会老远从邻家屋顶上狂奔回来。

我的学习生活凡心太重，不专注，爱走神，缺乏诚意。过多的"文学欣赏"的习惯。

在从文表叔家，他的马、恩、列、斯、毛的选、全集，有的已经翻得很旧，毛了边，黄了书皮。要不是存心从旧书摊买来，靠自己"读"成那种水平，不花点心力是办不到的。

几十年来咱叔侄俩言语词汇都很陈腐、老腔老调。在学习座谈生活里难得撑持，很不流畅大方。在表叔说来就更不值得。他学习得够可以了，却不暖身子。有如每顿吃五大碗白米饭的人长得瘦骨伶仃，患了"疳积"一般。及至几篇文章和《中国古代服饰研究》出现之后，我才大吃一惊。觉得他的"历史唯物主义""辩证唯物主义"学得实在不错，而且勇敢地"活学活用"上了。

文物研究，过去公婆各有道理是大家都知道的规矩，权威和权威的争议文物真伪，大多只凭个人鉴别修养见识。一帧古画，说是吴道子的，只能有另一位身份相等的权威来加以否定。从纸、墨、图章、画家用笔风格、画的布局、年谱、行状诸多方面引证画之不可靠。对方亦一鼓作气从另一角度、另一材料引证此画之绝对可靠。争得满面通红，各退五十里偃兵息鼓，下次再说。

表叔从社会学，从生产力和生产关系上、社会制度上论证一些文物的真伪，排解了单纯就画论画、就诗论诗、就文论文的老方子的困难纠缠局面。

《孔雀东南飞》里"媒人下床去"曾给人带来疑惑，啊！连媒人也在床上。就现有的文物具体材料引证，彼时的"床"字，接近现在北方叫作炕的东西，那媒人是上得的。在一篇《论胡子》的文章里提到了这个看法。

一个吴道子的手卷，人物环饰中见出宋人制度，不是唐画肯定无疑了。能干的吴道子也不可能有这种预见性。

诗词作者考证上，我也听见过他有力的意见。只是已非他的正业。

中国古代锦缎、家具、纸张，都有过类似的开发。

大半辈子文物学术研究的成果，反证了"社会发展史"的价值，丰富了它的实证内容。但对于沈从文，却是因为他几十年前文学成就在国外引起反响，才引起国内的注意的。

注意的重点是，限制沈从文影响的蔓延。

因此，沈从文的逝世消息也是来得如此地缓慢。人死在北京，消息却从海外传来，北京报纸最早公布的消息是一周之后了。据说是因为对于他的估价存在困难。

表叔呀表叔！你想你给人添了多少麻烦！全国第一家报纸，要用一个多星期的智慧还得不出你准确斤两的估价。

不免令我想起莎士比亚的哈姆雷特先生的那句话来：

"死还是活？这真是个问题。"

十八

前两年有一次我在他的病床旁边，他轻轻地对我说：

"要多谢你上次强迫我回凤凰，像这样，就回不去了……"

"哪能这样说，身体好点，什么时候要回去，我就陪你走。我们两个人找一只老木船，到你以前走过的酉水、白河去看看。累了，岸边一靠，到哪里算哪里……"

他听得进入了那个世界，眯着眼——

"……怕得弄人烧饭买菜的……"

"弄个书童！"我说。

"哈！哈！叫谁来做书童，让我想想，你家老五那个三儿子……"

"黄海不行，贪玩，丢下我们跑了怎么办？其实多找几个伙伴就行，让曾祺他们都来，一定高兴。"

"以前我走得动的时候怎么没想到？"

"你忘了'文化大革命'……"

"是了，把'它'忘了……"他闭上眼睛。不是难过，只是愉快的玄想中把"文化大革命"这个"它"忘了，觉得无聊。

前几年我曾对表婶说过，让表叔回一次凤凰，表婶要我自己去劝他，我劝通了。

在凤凰，表叔表婶住我家老屋，大伙儿一起，很像往昔的日子。他是我们最老的人。

早上，茶点摆在院子里，雾没有散，周围树上不时掉下露水到青石板上，弄得一团一团深斑，从文表叔懒懒地指了一指对我说：

"……像'漳绒'。"

他静静地喝着豆浆，他称赞家乡油条：

"小，好！"

每天早上，他说的话都很少。看得出他喜欢这座大青石板铺的院子，三面是树，对着堂屋。看得见周围的南华山、观景山、喜鹊坡、八角楼……南华山脚下是文昌阁小学——他念过书的母校，几里远孩子们唱的晨歌能传到跟前。

"三月间杏花开了，下点毛毛雨，白天晚上，远近都是杜鹃叫，哪儿都不想去了……我总想邀一些好朋友远远地来看杏花，听杜鹃叫。有点小题大做……"我说。

"懂得的就值得！"他闭着眼睛，躺在竹椅上说。

一天下午，城里十几位熟人带着锣鼓上院子唱"高腔"和"傩堂"。

头一句记得是《李三娘》，唢呐一响，从文表叔交叉着腿，双手置膝静穆起来。

"……不信……芳……春……厌、老、人……"

听到这里，他和另外几位朋友都哭了。眼睛里流满泪水，又滴在手背上。他仍然一动不动。

十九

"文化大革命"的密锣紧鼓期间，翻译薄伽丘《十日谈》的方平兄从上海来信慰藉，顺便提到一个有趣的问题：

"这几十年，你和共产党的关系到底怎样？"

我回信说：

"……我不是党员。

"打个比方说吧！党是位三十来岁的农村妇女，成熟，漂亮。大热天，背着大包小包行李去赶火车——社会主义火车。

"时间紧，路远，天气热，加上包袱沉重，还带着个三岁多的孩子。孩子就是我。

"我，跟在后面，拉了一大段距离，越来越跟不上，居然这时候异想天开要吃'冰棍'。

"妈妈当然不理，只顾往前走，因为急着要赶时间。孩子却不懂事，远远地跟在后面哼哼唧唧。

"做妈的烦了，放慢脚步，等走得近了，当面给了一巴掌。

"我怎么办？当然大哭。眼看冰棍吃不到，妈妈却走远了。

"跟了一辈子！不跟她，跟谁？于是只好边哭边跟着走。"

…………

方平兄回信说，看了我的信，他有半个月没睡好觉。

这只是个一般的譬喻，不合逻辑，且经不起推敲。不过，无论如何扯不到"四人帮"那头去。从孩子的角度看，他们只能当过"熊狼外婆"，差点把咱老子吃了！

还是李之仪那阕《卜算子》的意思可取：

"……此水几时休，此恨何时已。只愿君心似我心，定不负相思意。"

谈文学离不开人的命运。从文表叔尽管撰写再多有关文物考古的书，后人还会永远用文学的感情来怀念他。

后死者还有许多事情好做。

他爱过、歌唱过的那几条河流，那些气息、声音，那些永存的流动着的情感……

故乡最后一颗晨星殒灭了吗？

当然"不"！

一九八八年八月十六日于香港

往事和散宜生诗集

——不以模拟损才，不以议论伤格……苍劲中姿媚跃出，欧阳公所谓妖韶女老自有余态者也。

——袁宏道《徐文长传》

十年动乱时，我最不老实之处就是善于"木然"。没有反应、没有表情（老子不让你看到内心活动）。我有恃无恐，压人的几座大山，历史、作风、家庭出身在我身上没有影响，不成气候。

动乱初期我倒是真诚地认了罪的。喜欢"封、资、修"文学、音乐，喜欢打猎，还有许多来往频繁的"右派"朋友。这玩意恐怕至今还在我的档案里。江丰同志平反后回中央美院负责工作，有一次在我家聊天时，我提到过"定案"中有同情右派江丰、彦涵等人的材料，我在上面签过字会不会使一些

184

人为难时，江丰同志说："让它留在里头更好！"

到了动乱中末期，曾要我认罪的那些"接罪"朋友的"德行"也在铺天盖地的大字报中灿烂地出现了，可真是今古奇观，妙不胜收。不要以为我看到这些大字报会手舞足蹈，喜形于色。那才不咧！我"天低吴楚，眼空无物"，我"目眇眇兮愁予"，我"起看星斗正阑干"。我世故之极，面对大字报，一视同仁，缓步而行……心里呢？我发现了自己，这简直值得从长计议，细细推敲。比起他们，我的天！我怎么忘记了自己是个好人？

从那天起，我开始感觉到记忆力的猛然恢复，一种善良意念在为我几十年来的师友们逐个地做着"精神平反"。用这种活动打发在"牛棚"里呆坐着的时光。

什么狗屁罪啊！

我的那些年长的、同年的和比我年幼的受难的师友们在哪里啊？你们在想什么？你们过得好吗？

想得最多的是绀弩。他咏林冲的两句诗"男儿脸刻黄金印，一笑身轻白虎堂"充实我那段时期全部生活的悲欢。感受到言喻不出的未来的信心。

绀弩明明年长我近二十岁，但三十多年前他已不允许我称呼他作"先生"或"老师"了。"叫我作老聂吧！为我自己，为大家来往都好过些。"他说。当时我年轻，不明白为什么免了一些尊称就会使他好过的道理。

见到他，是在抗日战争胜利后的香港了，是一九四八年吧！有的先生前辈，想象中的形象与名字跟真人相距很远；见到绀弩，那却是极为一致。茂盛的头发，魁梧而微敛的身材，酱褐色的脸上满是皱纹，行动算不上矫健，缺乏一点节奏，但有一对狡猾的小眼睛，天生嘲弄的嘴角。我相信他那对眼睛和嘴巴，即使在正常状态，也会在与人正常相处中给自己带来负担和麻烦。

诗人胡希明（三流）老人曾在我给绀弩的一张画像上题打油诗时也说到他的皱纹，可见皱纹是从来就有的：

　　二鸦诗人老聂郎，皱纹未改昔年装。此图寄到
　　北京去，吓煞劳工周大娘。（周大姐那时是邮电部
　　劳工部长）

"二鸦"是"耳耶"的变声，"耳耶"是聂的分拆，"耳耶"这笔名却是在鲁迅先生文章中早就看到的。四十年代末、五十年代初，在香港绀弩却用了很多"二鸦"这个笔名。那时他在香港《文汇报》工作，也常在《大公报》行走。我那时在《大公报》和《新晚报》打杂做雇工。

解放前后他正在香港。那时候的香港有如"蒙特卡罗"和"卡萨布兰卡"那种地方，既是销金窟，又是政治的赌场。解放后从大陆逃到香港过日子的，都不是碌碌之辈。不安分的就还要发表反共文章。绀弩那时候的文艺生活可谓之浓稠之至，砍了这个又捅那个，真正是"挥斥方遒"的境界。文章之宏伟，辞锋之犀利，大义凛然，所向披靡，我是亲闻那时的反动派偃兵息鼓、鸦雀无声的盛景的。后来我还为这些了不起的文章成集的时候做过封面。记得一个封面上木刻着举火的"普罗米修斯"，绀弩拐弯抹角地央求给那位正面走来的、一丝不挂的"洋菩萨"穿一条哪怕是极窄的三角裤……我勉强地同意了。

五○年我回过一趟家乡，回香港后写过一套连载叫作《火里凤凰》的，说的是家乡凤凰县有如"凤凰涅槃"得到再生的报道。他看了说和四八年的那个连载《狗爬径人物印象记》一样有趣，要找朋友给我出版。现在想起来的确是按他的吩咐与其他杂文贴成一个本子交到思豪酒店的一间房间里去的。当然，现在才想起来，应该追究稿子的下落，但一切已经太迟了。

五○年，我爱人在广州华南文艺学院念书。我一个人住在香港跑马地坚尼地道的一间高等华人的偏殿里，高级但窄小如雀笼。朋友们不嫌弃倒常来我处坐谈。

绀弩会下棋，围棋、象棋我都不会，会，也不是他的对手；他爱打扑克，我也不会，甚至有点讨厌（两个人大概打不起来吧？）。他会喝酒，我也不会，但可以用茶奉陪，尤其是陪着吃下酒花生。花生是罐头的，不大，打开不多会儿，他还来不及抿几口酒时，花生已所剩无几，并且全是细小干瘪的残渣。他会急起来，会急忙地从我方用手捋一点到彼方去：

"他妈的，你把好的全挑了！"

他说他要回北京了，朋友们轮流着请他吃饭，一个月过去毫无动静，于是他说这下真的要走了，几月几日，朋友们于是轮流又请吃饭。总共是两轮，到第三次说到要回北京时，朋友们唱骊歌的劲已经泄得差不多了，他却悄悄地真的走了。大家原来还一致通过，再不走，就两次追赔。真走了，倒后悔说了这些过分的话。

他曾写过一篇"演德充符义赠所亚"的"故事新编"体的庄子"德充符"故事。为什么要演"德充符"呢？大概"申徒嘉兀者也"，与老所靠着两张小板凳移步的情况相同，尤其与申徒嘉那点傲岸的美丽相同吧！他送人东西，生怕别人不要，总是用恳求的态度，甚至还要点欺诈。帮人的忙，诚恳有甚于请别人帮忙。不在乎，懒洋洋，余韵也不留。说的

188

是老所，其实是他自己不断奔赴不断追求的人的那点完美境界。

"德充符"所云："知不可奈何而安之若命，惟有德者能之。"也不过只触及到绀弩思想中的一点点机关而已，因为真正的马克思主义者从来就是个战斗者。这从他以后的生涯中完全得到证实。

在香港这段时间，他很寂寞。家人还在北方，在我那间小屋子里，他曾经提笔随手写过许多字。他老说他的字不好，其实是好的，这种说过没完的话一直继续到北京的六十年代。他曾经临摹过《乐毅诣》和《黄庭经》，用的是大楷的方式进行，这都是很富独创性和见地的。

在香港给我写的一张字是自己的打油诗：

> 不上山林道，聊登海景楼；无家朋友累，寡酒圣贤愁；春夏秋冬改，东西南北游；打油成八句，磅水揾三流。

要加以说明的不少。山林道在五十年代初是个灯红酒绿的地方。海景楼是个新开的北方饭馆。"磅水"二字是钱的意思，这里指的是稿费。三流即诗人胡希明老人。当时是《周末报》的编辑头目。

189

还给我写过一张马克思的语录，因为没有标点符号，加上自己政治水平低劣，读来读去都难得顺意。二十多年后的十年浩劫，这段语录已成为大家熟知的名言，那就明白了：

批判的武器不能代替武器的批判，物质的力只有物质的力才能打倒。

——马克思

试把标点去掉读读看，即可知我那时领会的艰难程度。

说来见笑，什么叫作"党"？什么叫作"组织"？《联共（布）党史》有什么意义？都是他告诉我的。为我讲这些道理时他一般总是轻描淡写、言简意赅地说了就算。因为他还有别的许多有趣的话要说。

我是他离港后三年才回到北京参加工作的，他在人民文学出版社和适夷同志一起。听说他注释过《西游记》还是《水浒传》，觉得他不写杂文对人对己真是个损失；同时又觉得那时候，杂文在绀弩恐怕也是不容易写得好了。难啊！有时候去看他，有时候他也来，有时候和朋友在我家打扑克。老实说，不仅我自己不会打扑克，我也讨厌别人打扑克。我当时并不了解扑克这玩意还有高雅这个意义，只是觉得把时间

我、绀弩、陈海鹰。湾仔照相馆门口碰见陈海鹰，就一起照了一张，绀弩不认识他

花在这上头有点可惜，尤其是绀弩这个人。他却搞得兴致盎然，居然还吆喝，滞溷于这种趣味中的缘由，我多么地缺乏理解啊！

"反右"了。"反右"这个东西，我初时以为是对付青面獠牙的某种人物的，没料到罩住我许多熟人，我心目中的老师和长者、好友、学生。我只敢在心里伤痛和惋惜。在我有限的生活认识中颤抖。

背着许多师友的怀念过了许多年。六十年代的某一天，他回来了。正在吃晚饭，门外进来一个熟悉的黑影，我不想对着他流泪，"相逢莫作啮嗟语，皆因凄凄在乱离"，他竟能完好地活着回来！也就很不错了。

但是，他和苗子、辛之、丁聪、黄裳们的情况不同，还坐过牢。年纪也大得多。

在东北森林，他和十几二十人抬过大木头，在雪地里，一起唱着"号子"合着脚步。我去过东北森林三次，见过抬木头的场面。两千多斤的木头运行中一个人闪失会酿成全组人的灾祸。因之饶恕一个人的疏忽是少有的。但他们这个特殊的劳动组合却不是这样。年老的绀弩跌倒在雪泞中了，大家屏气沉着地卸下肩负，围在绀弩四周……

以为这下子绀弩完了。

他躺在地上，浑身泥泞，慢慢睁开眼睛，发抖的手去摸索自己上衣的口袋，掏出香烟，取出一支烟放在嘴上，又慢慢地去掏火柴，擦燃火柴，点上烟，就那么原地不动地躺着抽起烟来。大家长长地吁了一口大气，甚至还有骂娘的……

他们能把这个已经六十岁、当年黄埔军校第二期的老共产党员怎么样呢？"凡在故老，犹蒙矜育"嘛！何况"河冰夜渡"之绀弩乎？

他还"放火"烧过房子！这当然是个"振奋人心"的坏消息！是"阶级敌人磨刀霍霍"的具体表现！

绀弩解释过吗？申诉过吗？我没好意思当面问他，因为听到消息是在他回北京之前。无声地接受现实，到头来，是个最合算的出路。何况牢已经坐过了。

实际的情况应该是这样——

右派劳改队刚到的时候，没有围墙的"窝棚"由大家自己搭建。长几十米泥糊的大炕将是这些人迷茫的归宿。只是太潮湿了。铺上厚厚的干草，不几天，零下三十度的雪天里居然欣欣向荣地长出了蘑菇。领导上关了心，大伙外出劳动时，让绀弩负责用干草把湿炕烤干。

绀弩情愿跟大家一齐出勤，点燃几个连接炕铺的泥炉子的本领他并不在行。

"不行！不会？不会要学！"领导说。

"万一不小心烧着窝棚我怎么办？"绀弩说。

"烧着窝棚我拉你坐牢！"领导说。

结果，真的烧得精光，包括所有人的行李。

"良人者，终生所托者也，今若此……"绀弩呀绀弩！你把穷朋友哥儿们都耽误了。

引火的是湿草，塞在炉子里点不着，当然要吹；一吹当然浓烟四溢，当然要呛眼睛鼻子，当然要把不着的湿草拔出来再弯腰吹炉子里头的湿草。举着的那把草一见风倒认真地着起来。窝棚也是草做的嘛！你看，不是让你点着了吗？

绀弩坐了好些日子的牢。一年？两年？我闹不清楚，只知道后来给人保了出来。不久回到北京。

那时候就听到好些熟人都"脱"了"帽"。其实，右派的官司并没有完，一个更活泼可喜的名字出现了，叫"脱帽右派"。好像右派分子只是在街上散步碰到个熟朋友，举起帽子向朋友致意又自己戴上似的。又好像原本有了一顶鸭舌帽，为了高兴上盛锡福添了顶贝雷帽。我那时颇有点天真，怀疑是不是标点符号上的误会，把"可戴可不戴，不戴。"理解为"可戴，可不戴，不！戴！"呢？所以后来这些朋友走在闹市上总把破帽子挡着脸时，我就不认为那是一种矫揉的诗情画意了。

绀弩那时常作诗，还让我"窝藏"过他从东北带回的一本原始的诗稿（这本手稿给另一位朋友在什么时候烧了）。还写了不少给我两个孩子的短诗和长诗。非常非常遗憾，动乱期间给抄得精光，以致《三草》与《散宜生诗》中没能发表这些好诗。记得那时是三年困难时期，孩子想吃糖饼想得狠，他老人家就时常带了点来。有两句诗我是记得的："安得糕饼千万斤，与我黄家兄妹分？……"如今孩子是长大了，可他们也只能把这两句挂在口头作为儿时的纪念。

　　绀弩的生日如果没有记错的话，该是在除夕那天。有一首《自寿六十》的诗中两句："人生六十有几回？且将祝酒谢深杯……"引起了一段笑话。

　　我儿子那时是八岁，大概觉得这首诗读起来有味道，居然摇头摆尾唱和起来："人生八岁有几回，且将祝酒谢深杯……"

　　我那时整四十岁，感于浮浪光阴，情绪很波动过一阵，他知道了这个消息，疾风似的赶到我家。这永远是难以忘怀的。那种从没有过的可依靠信赖的严峻的目光，令我接受了他的批评重新振奋起来。

　　一段时间下乡，运动，又下乡，又运动，见面的机会少了。再就是"文化大革命"。

很久很久以后才听说他被判了无期徒刑，送到山西一个偏僻的小县城里的牢房里。

在香港时，有一天他急着要我给他去找一本狄更斯的《双城记》，提到要查一查第一页那有名的第一段："这是一个光明的时代，这是一个黑暗的时代……"似乎是要写篇对付曹聚仁的文章。后来，果然写出来了，不愧是一篇辉煌的檄文，革命的气势至今想来心情还不免汹涌澎湃。

《双城记》这部总体"古典"的小说，其中的人物却常使我闻到新的气息。比如那个吊儿郎当从容赴死的卡尔登，那个被押在暗无天日的死牢里的、连意识都消磨尽了的老鞋匠。

绀弩不就是这些人的总和吗？

让你默默地死在山西小县城里只有四堵石墙、荒无人烟的死牢里吧！让你连人类的语言都消失在记忆之外去吧！如果侥幸你能活着出来的话，绀弩就不是绀弩了。事实上，这一次我并不奢望真还能再见到一个活着的绀弩。

但是又见到了。

不过，这一次，我走进门，他躺在床上。

我说：

"老聂呀！你虽然动不了啦！可还有一对狡猾的眼睛！"

他笑了。他说：

"你还想不到，我在班房里熟读了所有的马列主义的书。我相信很少有人这么有系统，精神专注，时间充裕，毫无杂念地这样读马列的书！"

这老家伙不单活过来，看样子还有点骄傲咧！

他和周颖大姐所能忍受到的人间辛苦，很多不是我们所能想象的。这样一来，他的卧床倒显得微不足道了。

绀弩已经成为一部情感的老书。朋友们聚在一起时一定要翻翻他。因为他是我们的"珍本"，是用坚韧的牛皮纸印刷的。

我曾经向一位尊敬的同志谈到绀弩，我告诉他，不要相信我会说如果他得到什么帮助的话，将会再为人民作出多少多少贡献来，不可能了，因为他精神和体力已经摧残殆尽。只是，由于他得到挂念，我们这一辈人将受到鼓舞而勇敢地接过他的旗帜。

至于诗，我不够格"评论"，只能说，是他的诗的拥护者。绀弩晚年以诗名世，连我也是出乎意料的。

记得一个笑话：

诸葛亮、刘、关、张、赵，都已不在人世，他们的孩子倒在人间替老子吹牛。

诸葛的儿子说：没有我爸爸，国家会如何如何……

张苞说：我爸爸当阳桥前一声吼，水倒流，曹兵如何如何……

阿斗说：我爸爸是一国之主，没有他，如何如何……

赵云的儿子也说：没有我爸爸，连你（指阿斗）都没了，如何如何……

轮到关平，这家伙思路不宽，只说出一句："……我爸爸那，那，胡子这么，这么长……"

关公在天上一听，气得不得了，大骂曰："我老子一身本事，你他奶奶就只知道我这胡子！"

对于绀弩，我看眼前，就只好先提他的胡子了。

一九八三年一月十八日夜

忆雕塑家郑可

塞纳河岸有一座纪念碑，我每天都要从它的跟前经过。我太忙，都是急着要赶到目的地去。

这一天，轮到它了。不止它有出色的雕刻，旁边一排树林和嫩绿的草地也非常动人。

天哪，是布德尔的作品。

多少年来我一直景仰的雕塑家。家里藏着他的作品集大大小小十来本，每到一个地方都要打听书店里有没有他的画册卖。我是一个布德尔迷毫无疑问。没想到我莫名其妙地来到他作品的跟前。

他是大家都知道的跨腿拉满弓的《射者》的作者。不止是作品震动人心，更重要的他是一位创作思想家。他高明而精辟的艺术主张密度太大、太坚硬，后人要花漫长漫长的时间才能一点一滴地消化。他的创作思想是一个丰富的宝藏。

在他作品面前，从艺者如果是个有心人的话，会认真地"吮吸"，而不是肤浅地感动，会战栗，会心酸。

他和罗丹同一个时代，罗丹的光芒强大得使他减了色。罗丹的艺术手法"人缘"好，观众较容易登入堂奥；布德尔的手法渗入了绘画，而且有狂放（其实十分谨严）的斧劈之势，堆砌、排列得有时跟建筑几乎不可分割。不止是理论，实践上他明确地提出"建筑性"。

太早了，提得太早了，理论孤僻得令人遗忘。

是逝世不久的郑可先生给我启的蒙，介绍了布德尔的学说。郑可先生的雕塑完全走他的路子。他可能是他的学生。记得他告诉过我，布德尔问过他：

"你来法国做什么？中国有那么伟大的雕塑艺术你不学，这么远跑来这里！"

郑可先生在巴黎十五年，他诚恳而勤奋。跟年轻的马思聪、冼星海、李金发是一个时期。他从家里卖了猪、卖了房子才买得起船票来到巴黎的，回国以后的日子仍然朴素诚恳得像一个西藏人，连话都说不好，一说就激动。见到讨厌的人他一句好听的话都没有，衣着饮食都很随和将就，就是艺术的认真和狂热几乎像求爱一样。

他比我早回北京一年。艺术方面他知道得太多，也都

前排右起：王超、郑圆、李流丹；后排右起；陈海鹰、永玉、郑可、黄茅、过元熙

想成盆成桶地倾倒给年轻朋友。只可惜他是个纯粹的广东人，满口流利的带广东口音的普通话，语汇又少，几乎令人听十句懂半句，他的诚恳寓于激情之内，初认识的年轻人会以为他在骂人。唉！其实他的心地多么慈祥宽怀……

他用了百分之九十九的时间为别人解决一切工艺疑难。不光讲，而且动手做。

他懂建筑学，给清华建筑系讲过"巴黎圣母院拱顶相互应力关系"，给北京荣宝斋设计过雕刻木刻板空白底子的机器，教人铸铜翻砂，设计纪念碑，研究陶瓷化学。他还是一个高明的弗卢（银笛）爱好者。甚至写信给北京钟表厂，说他们的钟表如此这般的不妥。钟表厂派了几个专家去找他，他把家里收藏的所有大钟小钟一股脑都送给了来人，还赔了一顿丰盛的午餐，从此杳如黄鹤，镜花水月……

就是没有再做雕塑。

十五年在巴黎的学习，一身的绝技，化为泡影。

一九四八年在香港，因为我开个人画展，他给我做了一个浮雕速写，翻制成铜，至今挂在北京家中墙上。

八十多岁的年纪，住院之前一天，还搭巴士从西城到东郊去为学生上课。住院期间，半夜小解为了体恤值班护士，偷偷拔了氧气管上了厕所，回来咽了气……

前些年他入了党。这使我非常感动。

一九五二年在香港抛弃最好的待遇全家回到北京，并连忙写信鼓动我回去。那时他是盛年。他的兴奋和激情远远超过现实对他的信任。一九五七年他戴了右派帽子。我尊敬和友爱的朋友与前辈们——聂绀弩、黄苗子、吴祖光、小丁、江丰和他都受了苦，也令我大惑不解。我有胆公然为之申诉的只有郑可先生，我了解他，也愿为他承担一点什么。

我和他一样都没有"群"，没有"群"的人客观上是没有价值的。他为祖国贡献了一生，入党是他最大的安慰。没有什么比这样的安排更能弥补他的创伤了。……

我匍匐在布德尔的作品脚下，远处是无尽的绿草和阳光。

我太伤心。

郑可先生！如果能跟你一道重游巴黎多好……

不用眼泪哭

志摩兄死了。

死了就死了，他已经八十多岁，再活到一百岁，终究要死，又怎么样呢？

照我估计，他不是死在监狱，不挨枪毙，不因冻饿……应该是死在自己家里或医院的床上吧？

可以了！

他一生的艺术生涯，没有对不起任何人：旧社会、新社会，国民党、共产党，亲戚、朋友，也都没什么要对不起他，两不赊欠，脱卵精光；道道地地的"赤条条一身无牵挂"，离开这个毫无所谓的混蛋世界。

凡·高活着的时候，巴黎艺术殿堂的尘埃而已；死后一百零二年的今天，声誉如雨中棉花日重一日，一幅画近亿美元，当年让他有幸活在一幅画的价值里，退一步说，让他

204

每天有两美元过日子的话，凡·高一定会更加灿烂。

凡·高活了三十七岁，画了十年画，留下许多作品。

陆志庠活了八十多岁，画了近七十年画，留下多少作品呢？我北京的家里有一幅四只巴掌大的墨笔画，一幅两面都画的铅笔速写。别人有没有？我不知道。有也有限，说他十幅吧！了不起了。

世上最多只有十幅陆志庠的原作了。墨笔画在白报纸上的作品。

画家其实是种少数民族。

独特的脾气、思维法则、生活与宗教习惯、工作方式。从来为人另眼相看。

神圣而卑微，捧上天或碾作尘，成为圣物或笑柄，再好的本事也摆脱不掉背后那个伟大的阴影——唐明皇到梅蒂奇，尼古拉到拿破仑，斯大林到毛泽东，洛克菲勒到邵逸夫……

明君或是暴君，亦看画家的运气。

真正的美术史是画家背后的那个微笑而得意的阴影的家谱，这跟任何一个国家的少数民族的历史几乎一样；时代变换，主子不同而已。

即使是生前独立精神的凡·高，死后也逃脱不了这种力量的追杀，令他享受不到自己成果的丝毫甜头。

比起凡·高，伟大神圣的陆志庠连死后的哀荣也没沾边——丧失掉说理的根据，作品。

陆志庠是个流落他乡的孤独的少数民族。

认识陆志庠是在蒋经国管辖的江西"新赣南""教育部戏剧教育第二队"（简称"剧教二队"）里，时间是一九四二至一九四四年间。

陆志庠不是"剧教队"正式的成员，他是抗战前上海的大漫画家，大到比队长曾也鲁还大，地位特殊，因此安不上名分，只在队里管吃管住和领一些零用钱过日子。

抗战时期，有一个不成文规矩，出名的文化人都有机会在一些文化团体里"挂单"。用目前国内的新名词——"养起来"，也是颇为合适的形容。

教育部一共有两个演剧队，"一队"在西北，老戏剧家向培良当队长；"二队"在东南，老戏剧家谷剑尘当队长，谷剑尘走了，由管行政杂务的副队长曾也鲁顶替，充当了廖化这个角色。

队里有很优秀的戏剧家，演员。资格老，修养好，演技高，真有点"国家级"的标准。当我第一次看到队里排演《草木皆兵》某个节场，主角殷振家那一举手，几句脆亮的台词，

陆志庠

闪电的眼神，直把我的魂魄都锁住了。半世纪过去，印象如在昨天。他是国立剧校第二期的学生，这种身份跟提到"黄埔二期"一样，在文化界有令人肃然起敬的崇高地位。队里还有同期的董新民、陈力群和他们的演员夫人；再就是老大哥徐洗繁和夫人赵南，徐一生从事戏剧工作，解放后直到现在仍工作在北京人民艺术剧院，不久前的《齐白石传》的齐白石，就是他主演的。时间长了，我居然还能记得下许多优秀的名字，罗衫、尤曼倩、司徒阳、杨敏、胡刚，搞音乐的唐守仁……还有木刻界的老大哥、还在台湾的陈庭诗。

我那时十七八岁，有个很辉煌的计划：从福建省步行经江西省回湖南省老家，再从湖南省步行到重庆，找关系到延安去，找不到关系就报考国立艺专。

不单是计划，而且马上行动。

这得力于我亲兄弟般的老大哥王淮的照应设计。王淮，山东人，本是"剧教二队"武汉开创时的成员，一个顶天立地的血性奇男子。因为一个爱情的问题，离开"二队"留在福建一带做话剧运动工作，我是他的忠实喽啰。（"文化大革命"期间，氓众们走漏了台湾共产党地下组织名单，听说他因为嫌疑被台湾当局枪杀。）

他劝我不要留在福建，"走"！

他给我安排的计划是，跟永春"师管区"送壮丁到湖南的一个团步行到长沙（掮着行囊步行三个省，我的天），回到家看看父母，再从长沙转到重庆。

他给我三封信，有点像诸葛亮的锦囊妙计。第一封给赣州"剧教二队"的徐洗繁，万一壮丁团路上有什么不客气的打算，到赣州马上到"剧教二队"去，再想办法回湖南。

第二封信是给长沙的朋友，第三封是给重庆的朋友，我都没能用上，烧了。

果然路上出了问题，湘桂战事发生，归路截断，我进了"剧教二队"。（路上的故事太长，不谈了。）

"剧教二队"是这么容易进的吗？不容易。

我算个什么呢？十七八岁，刻了不到四五年木刻，谁也没听过我的名声。王淮一封权威介绍信加上那时候我的"卖相"还可以吧？收留了我。勉强特委了一个"见习队员"的尊号。

在队上重逢陈庭诗老兄，认识了陆志庠真身和在中茶公司（中国茶叶公司）挂名的张乐平。张一家住在我们附近的"伊斯兰小学"木楼上，带着雏音大嫂和两岁的"咪咪"和半岁大的"小小"。

那时候，每天的节目就是"跑警报"。

我也不太明白日本飞机三几天来炸一次赣州有什么用处。

想炸的是飞机场，却往往因为基本功不到家而遗害了街道居民点，甚至山上野草树木，连野坟坑洞也给炸弹重新掀起来。

陆志庠和陈庭诗这两位画家老兄耳朵都有严重问题，因之对话困难，夜半警报一响，跳起床的第一个任务就是把熟睡的两位"捅醒"，然后拔腿跑在前头领路，越过章江和贡江两座浮桥，直上山坡，再一齐在月亮繁星之下，感受那冒着浓烟火光的城内外的伤痛。

炸弹落处，二位觉得大地震动，掰着手指计算落弹数目。

"剧教二队"过手过不少画家，武汉创队初期，著名的木刻家朱鸣冈是基本队员。另一位病死在队里跟我年龄差不多而一直被大家怜爱怀念的画家，可惜我忘记了他的名字。木刻家荒烟在队上做过客人。古典服装设计家卢世侯也在队里待过设计"天国春秋"的服装。再就是张乐平、陆志庠、陈庭诗和我这个小老弟。

在队里，我什么职务也没有，也不负任何责任，吃饭、睡觉、看书、吹小号，跟徐洗繁去打猎，陪张乐平、陆志庠去小酒铺喝酒，刻蹩脚的木刻。

我在又是饭厅又是会议厅的左侧的一张饭桌上刻木刻，蒋经国家里的工作人员有时带着一个漂亮的男孩和女孩来看我刻木刻。我自以为已经刻得很不错了，像个老前辈似的对他们宣讲浅显的艺术道理。

蒋经国、纬国当时朴素得动人。哥哥常到"二队"来看望大家，看排戏；端午、中秋或过年，到"二队"来喝酒、吃饭、胡闹、说笑。弟弟以后别人都说他幽默、健谈，那时候不是这样，魁梧，英俊，但严肃庄重，不怎么有趣，来的次数不多。

蒋经国也请大家到他家去包饺子，女队员跟蒋方良一齐和面擀皮。蒋经国和蒋方良跟大家叫着我的诨名"黄牛"，有时叫"小牛"，有时叫"老牛"，"黄"字可能俄国口音不顺，蒋方良有时隔着房间大叫："流！流！劳流！"

那时大家都年轻，不光我。

陆志庠为什么离开"剧教二队"到南康县去的？这跟"蒋专员"那回端午节来"二队"吃饭有点关系。

原定中午过节的，"蒋专员"叫人来说有事，改在晚上，于是中午大家随便吃了些街上买来的粽子。晚上，搞得很热闹，许多人喝醉了，蒋也喝醉了，唱了首《三套马车》，不大成调；于是杨敏唱了首《戏剧春秋》插曲：

花儿飘零了会再开，燕子飞去了会再来，我心上的人儿呀！你这流浪的人儿呀！为何一去不回来？归来！归来哟！我的心爱！

杨敏男中音的嗓门是巨亮的，行腔婉转，很让人喜欢。唐守仁拉了段圣－桑的小夜曲。

后来是队上姓徐的会计兴高采烈地表演几个简单之极的魔术，加上平时这家伙让人讨厌，只有蒋经国一人给他鼓掌。姓侯的老文书诨名叫"侯贼儿"的来了两段相声，也很勉强。大部分人醉意缠绵，送走了专员大人，留下几个女的找回各自凑出来的盘碟碗筷，也都回房安寝。一宵无话。

大清早，只听见尤曼倩惊叫起来。

尤曼倩她自己有个另外的住处，在队上显得比一般人优越。还是我们几个穷哥儿们的小小债主。借两块钱，发薪水的时候当着徐会计抽两块五，多出的五角钱买花生、芝麻糖请客。

这女长得白，高大丰满，一头黑发，就是眼睛小了一点，从曾也鲁队长到几个成年未婚男人都迷她：可笑的是曾也鲁一见她来就会尿急，捏着裤子前端向厕所跑，一边大叫："吴妈！吴妈！泡茶，盒子里有龙井……"一迷不免谦让，一谦让不免纵容她有点小脾气。不过她仍是十分仁义的——就是这个尤曼倩大叫——

所有楼上楼下男男女女正在睡觉而尤曼倩大叫，就证明一定发生了非同小可的大事，全都惶惶然穿上衣服跑到大厅里来。

我刻的陆志庠木刻

尤曼倩惊魂未定，远远指着铺有深蓝桌布的神圣大会议桌，正当中有一堆大便。近视的家伙甚至还凑近仔细观察一番，验明是一堆正式的、确凿的原作。

全体人员愤怒得几乎哀号起来。

蒋委员长画像面前正当中来了一堆这样的供品……什么难听的话都骂出来了。

谁有这个胆量呢？

幸好那时候还没有"上纲""上线""阶级斗争"的"阶级敌人蠢蠢欲动磨刀霍霍"的提法；只是有点觉得对领袖的不敬，这是一；半夜三更来这么一手，无疑是向三二十人的小集体挑衅，这是二。虽然好笑，但谁也不笑。

意外简直非言语所能形容！

最后一致认为是昨夜大醉狂欢一场之后，某人的酒疯所为。毋须追究，心里有数。

当天下午，陆志庠不辞而别，到赣州邻近的一个县城南康去了。

他走了，留下二三十幅开过抗敌宣传画展的漫画。都是用当地的土黄草纸画的，水墨，加稍许的赭石和传神的白颜色。这些画由总务保管，逃离的时候想必扔下不管了吧？这是后话，眼前不述。

陆志庠道人长期不画，每画必好。

这段时期，他就画了这一批。

大多是"日本侵略者必败""日军的残酷暴行"的题目。从内容说，谁都是这么画，跟他没有什么区别。其实写文章和画画，世界上从古到今也只有几个题目。不同的是看是谁在写、是谁在画。

展览会上的画，看起来大家都好，各有各的好，跟他的画一比就只数他的画好了。

有什么好呢？普普通通的黄草纸和墨笔画，就他的画前站的人多；走了还回来，徘徊辗转，看了又看。

他把题目揣摩得深而细，譬喻巧妙到家，笔墨也跟得充分淋漓，加上用的简练传神的手法，就显得艺术独特。

有种艺术特别像中药，明知它能医病，是好东西，却难以下咽；如果是幼年病人，还要加上责骂威吓，或捏鼻捆手的措施才吞得下这种好意。更有甚者，多少年是近乎在瞄准着的枪口下欣赏艺术，不准说不好的；且吞下的可能是一种不一定医得好病的别的东西，甚或毒药。

陆志庠笔下的日本侵略军，高、矮、肥、瘦，面目有别，脾气各异，虽是娘老子所养，却都一窝地坏。军帽、绑腿布、军鞋、大胡须、小胡子、大门牙、小暴牙、兔儿牙、鼓眼、三角眼、住惯"榻榻米"的罗圈腿、眼屎、鼻涕、口涎、狞笑、惊恐、死亡、要别人死亡、杀人之后残酷浅薄的满足的微笑、破落的勇气……这些表面和本质的东西，显示出原本一般的主题，变成发人深省的东西。

陆志庠喝酒之后才欢乐、忘我，甚至狂情；展览会上蕴藉有礼。受到赞美时眯着两眼，嘴角微翘，克拉克·盖博式的小胡子，妩媚之至。

别人真正的好画，他看之再看，一声不响，没见他说出什么道理；一般的画包括我的在内，总想让他称赞几句，他一律眼观渺茫，口中发出"好格！好格！"的声音。不是傲慢和轻蔑；马马虎虎的感想而已。

他到南康，南康县政府和《南康日报》的朋友照料他。

我也跟着司徒阳到隔壁的信丰县去了。司徒阳跟信丰县长杨明是同乡，杨明跟司徒阳的父亲是朋友。杨明做过蒋经国专员公署的秘书长，抗战胜利后接替担任了赣南的专员，公正严肃，是个能办事有情义的人，听说以后死得很惨。不赘述。

司徒阳去信丰当民众教育馆长，我当美术主任。

信丰县有间《信报》，社长是殷梦萍，诗人、作家很多，雷石榆、谷斯范、野曼、杨魁章、蔡资奋……都在那儿工作，还有个农民银行县合作金库的李笠农，税务局的周征选，同事、搞音乐的冼志钊，他的女朋友何畏。县城小，大家想见就见，加上一些汽车兵团，原先就是中学生的连长、排长，和一些单干的卡车司机、老板都成为很好的朋友。友谊、年轻、好地点、好气候加在一起，这段日子过得可算有声有色。

陆志庠在南康的日子没有我好。四个人住一间木房子，帆布行军床，去看他都得在"米粿茶"店或酒店，匆匆忙忙，谈完就走，缺乏舒展豪迈和诗意。几次邀他来信丰做客，有汽车接送，他都不来；说忙，什么事不干，不画，忙什么？就是不来。

民众教育馆在城墙外一座大桥的尽头，隔着桃江，白天晚上，在清早的太阳下，没边的草地、树林里或河边走走，在民教馆楼上隔着浅浅的竹丛看水、看桥、看城门附近人来人往的光景，都在回忆中刻下深深的美丽的伤痕。朋友天各一方，相忘于江湖，年岁老大，为身边烦事所扰，可能也会在梦边想起这些事情的。

到年底，战争临近了，日本扬言要扫荡"三南"（龙南、定南、虔南）。为什么要扫荡"三南"呢？因为是第七战区余汉谋最后的根据地。

我养了几十只鸡，眼看着长大，司徒阳到赣州去主持一个话剧演出没有经费，商量卖了我的鸡借钱给他，拿走了钱，人也不回来，留下了我。

赣州眼看完了，各种类型的学生和学校由先生带着经过信丰，也在民教馆扎营借住，一批又一批，几百、几十，这些惶惑忧伤的年轻面孔。

"剧教二队"撤退也经过信丰，在县"社会服务处"住了一晚，我去看望他们，发现司徒阳也已"归队"，却绝口不提"鸡钱"的事。唉！这位老大哥！

我没有要求回"二队"的意思。不过，曾也鲁一定等着我去哀求。我没有。

日本军快近南康，我跟着县政府单位进入山区的"安息乡"。

一条街，有百货商店，有茶馆面铺，有银行，街背后是一条小河，搭着高架的木板桥。只免得那门前的水打湿了人们的鞋子；这桥很别致，一下子说不清楚，有空我画一张给诸位看看。赶"墟"的时候，街上、桥两边都是人，鸡蛋大的枇杷，鸡蛋和生鸡蛋的鸡，鸭蛋和生鸭蛋的鸭，鹅和鹅蛋，小狗，小牛，大牛，大猪，小猪，猪肉，牛肉，马，米，豆子，青菜，葡萄，辣椒，油，盐，布，箩筐，扁担，什么都有。卫生院的女护士，白白嫩嫩，手牵手地买了枇杷又买鸡蛋，轻言细语，十分好看。

《信报》的木刻家余白墅，信丰中学的美术教员、木刻家吴忠翰，因为跟人晚上打麻将，和别的出什么事的人一起，让杨明下命令关在当街的一间小屋楼上，我还去"探"过"监"，嘻嘻哈哈聊了好一阵。罪状写的是："……抗战时期，丧心病狂聚赌，视法纪何在？良心何在？"不几天，人们又在街上相聚了，又是嘻嘻哈哈！抗战嘛！该原谅的就原谅了。

有天黄昏，我在女朋友的家里，听见一大队陌生的孩子唱歌经过：

"什么花！开花！拦着路？什么花！开花！要铲除？……"音声抑扬，歌词动人，使我一震。

第二天在杨明家里知道是赣州的"新中国儿童学校"的老师和孩子。

"新中国儿童学校"的孩子从三岁到十五岁，一共几百人，由老师带着也逃到安息乡来了。

跟着就是原在赣州专署工作的周百楷先生（名字的写法可能还有错；去年见到卜少夫先生时，我一直以为是周书楷，他说不是，因为周书楷没在赣南待过。我在罗马时，向一位与周书楷有来往的留学生开玩笑说：去问问周书楷，记不记得在赣南信丰的安息乡劝我不要交女朋友、专心事业的事，这个人现在带着四十多年的女朋友到罗马来了。幸好，年轻留学生那时没有空，免了摆这个大乌龙。后来在一本杂志上见到周百楷的名字，猛然醒悟过来，是周百楷而不是梵蒂冈的大使周书楷。"周百楷"三字可能还有错，望仁人君子指正。）——来找我，问我愿不愿意到"新中国儿童学校"教书。教什么呢？教美术。愿！

这一群孩子原来都是"新赣南"各县的"顽童"，偷、抢、窃、扒，无一不精。我又紧张又好奇。好在我身无金银细软的顾虑，只有一支猎枪、一把猎刀和一支法国小喇叭。这都是偷了没用的东西。小喇叭更是偷不得，偷去一吹我就会顺着声音来算账；不吹，偷它也没用。还有几把木刻刀，几块木刻板，几本书；书，也不是好看的书——《哲学辞典》《说文》《苦命人巴威》《陈氏小儿病源方论》《策要》……有的是捡来的，我自己都不看。

没想到孩子都喜欢我，甚至佩服我。晚上大伙儿在草地广场做游戏，我表演倒立"竖蜻蜓""转风车"，全身横在树干上"扯旗"，玩"飞刀""肉身陀螺"，当然还吹了一通喇叭，这一玩定了天下。

学校没有校长只有主任，是位女士名叫叶斌。我在她面前矮半截。作风果断、朴素、有条理，脸面上和气而心里铁板一块，身先士卒，所有的同事都尊敬她。

从传闻，学校是个聚集江湖好汉的梁山泊，骨子里简直与延安的"抗日军政大学"幼年班无异。朝气劲头十足，纪律严明。又说全赣南的小偷头领就是才十二岁五年班的某某某，那是一点影子也没有的事，怎么看也不像。

我教美术手工。我们用竹片剖开撑起来，贴上薄纸，印上好看的希腊人物图案做成扇子，交给街上店铺里卖，生意居然兴隆得很。

美国总统罗斯福死了。

我的女朋友的全家——婆婆、伯母、妈妈、二姐和两个儿子、三姐和两个小女儿、三妈妈和一个小女儿要走了。

逃难嘛！女朋友的爸爸在前线打仗，战况不佳的消息他们得风气之先，所以又必须搬到更安全的地方去。去哪里呢？初步知道是山区的龙南县。一路上没有男人是不好的，二姐夫在美国，三姐夫在哪里我不知道。总之是要有个男人送到龙南比较妥当。我向学校请了几天假。

几百里地如何到的龙南我已经忘了。车子肯定是没有的，应该是女人和孩子坐轿，我掮着猎枪押送五六个挑行李的队伍吧！

到了龙南，女朋友的全家跟我就分手了。他们去更远的寻邬县，大姐夫在七战区司令部当通讯兵团副团长。虽然说分别之后经常写信，却是万分地惆怅。

那时候——我怎么活下来而又过得那么自由自在？至今还是疑问。我运气，没让苦难的大时代筛弃掉吧？那时候是经常听到这个、那个年轻的好朋友给炸死了、病死了、饿死了的消息；我居然活过来了。

我怎么会在龙南也有几个朋友呢？天晓得！报馆的、民众教育馆的年轻文艺家。玩了几天。小小的聚会，弄乐器，唱歌，记会了巴哈中译的《小夜曲》歌词和歌曲：

　　黄昏后，当你在我怀中，柔声歌唱：你知我有多少话要对你讲？你歌声唤醒我旧日的一切快乐，啊……

有人建议，明天去民众教育馆看另一个漫画展览会吧！

古老的小小龙南因战争而热闹得像一座蜂房。四十七年后的今天，我只记得气氛而忘了街景。模糊了，美丽而愁闷，交混着年轻模糊的温暖……

在街上遇见福建闽南时期战地服务团的女演员张百玲，她跟丈夫和一个婴儿逃难。邀我上寓所见她的丈夫皮先生。

一张双人床背后好几口大宝箱，许多布匹。心想，这妮子嫁的男人看来很伟大！

她为什么不早到上海去呢？漂亮，洒脱，好脾气，演技一流，完全大明星的坯子，唉！学着我们这些凡人四处逃难干吗？

民众教育馆在一条卖洋杂百货的街上，热火喧天人头汹涌。民教馆里头倒是十分冷清，回廊四周和大厅挂着画，走近一看，啊哈！是陆志庠的。陆志庠怎么在龙南开画展呢？

门口没有悬挂横幅标帜，"抗战时期，一切从简"，原是想得通的，连大门口一块小画展牌牌也没有，这就太过分了。

馆长不在，主任不在，干事不在，空荡荡荒无人烟。画挂在那里，有没有看也不管，也不着急；连乡下人两笼小猪堆在那么严肃的漫画作品旁边，发出"咕！咕！"的叫声；公鸡母鸡到处啄食、拉屎也没当回事……

画真好，完全一批崭新的作品，仍然是黄草纸质地墨笔所绘——

几个孤苦无告的孩子。

缺奶的、绝望的妈妈和饥饿的孩子。

一个微笑提刀的日本兵和一串人头。

正在跃出战壕的战士。

战士拉胡琴，另一个直着喉咙在"嚷戏"。

战士和老乡抽"烟袋锅""凑火"。

战士用一个小木脚盆洗脚，水太热的神气。

笑眯眯的战士蹲在地上跟卖小狗的老头看狗……

你看，快五十年了，我还记得这样清楚！

精彩，太精彩了。可惜没人看。

进门没注意，门口木桌子上趴着一个国民党老兵。原来是陆志庠。

抗战末期的国民党军队的装备水平，可从陆志庠的这身衣服一览无遗。

六七十岁的人应该还记得几十年前有一种手织的"蚊帐布"吧！那时候的蚊帐布孔眼太大，蚊子可以自由出入，布厂老板丧失信心之后接着丧尽天良，卖给了军队做军服料子。说句不怕见笑的话，抗战末期，做生意的人都接近"穷途末路"了，谁也没有料到几个月之后，居然会"抗战胜利"！

就陆志庠这身国军装备这架势，再怎么富于想象的人，也不会料到我们会变成赢家！

稍感安慰，它已经染成作战意义的绿色了。那时人们对"性感"观念没有发明扩散，否则，整个师团的男性透明的军容威势，一定会起到软化敌人的重大战略作用。

陆志庠怎么会弄来这么一身打扮呢？

凋零之极。正常状态已像只水晶落汤鸡。还赤脚穿着一双稻草草鞋，落到这个地步，真是哀哀欲绝。

他一下子抱住我，"哇，哇，哇，哇"直叫，干号着。陪同的朋友都看傻了。

我解释他耳聋，不能充分地说话，是我们中国非常重要的大画家。

我们用手指急忙地在桌子上"笔语"。

他告诉我，张乐平跟雏音大嫂和两个孩子也在这里，可能要到长汀（福建）或梅县（广东）那边去。

他又告诉我，在南康，日本兵来，大家顾不得他，幸好国民党军队的剧团收留了他，带到龙南来；他跟那些人也不太熟……

那怎么办？"你跟我在一起吧！"我写。

他写："好！"

我准备过几天把他带回到信丰县安息乡去。我的薪水除掉吃饭还能养活半个陆志庠，其他半个再找朋友想法子。

大事已定，便一起去看张乐平。

张乐平老兄最近也去世了。有关张乐平老兄的事，我将在另一篇文章中详细地写出来，这里从简。

反正我们和张乐平兄一家过了几天，再送他们出发。真是一口气送了两三里地，我让两岁的"咪咪"骑在肩上（今天我老了，她也长大了，我再不可能肩得起她）。那时的离别很平常，大家都不兴哭。他们坐的是运货大车，或者走路，不清楚了。反正是认真地送了一程。

说走就走，怎么从龙南回到信丰安息乡的？几百里地，坐车？徒步？忘了。像一场梦。

学校所有教职员毕竟不愧是文化人，都知道鼎鼎大名的陆志庠，这让我松了一口气。接着是给他找住处。陆志庠认为，他的行李留在南康，听说日本兵根本还没到南康，不如现在去南康把行李取回来。同事都关心他，经过研究，觉得未尝不是一个办法。眼前穿得像个光屁股式的怪人，很不雅观。

凑起一点点钱，画了张小地形图，捎上一个水壶，手上捏着一把印有希腊双人舞的扇子就那么走了。

第五天大清早，陆志庠光着脊梁，剩下一条底裤又回来了，全校一阵紊乱。

"……弗好哉……日本人……打来哉！"接着告诉我们没走到南康，日本人已经进了城，再往回走时，被人把衣裤剥光，连扇子都给抢走。

情况既然如此紧张，眼看安息乡怕只是一星期左右的事了；大家建议他与其这样跟我们混在一起，不如仍回龙南追赶他原来的部队更有保障。他也认为有理，就这样决定了。于是大伙儿又给他凑足一些钱，重新画一张由安息县到几百里外的龙南的地形路线图，又一个乐捐的水壶，同样希腊人物图案的扇子。第二天清早，这次告别倒有些难过，大伙儿轮着抓抓他的手，神色黯然，看着渐渐远去的这个精瘦的、担负艺术使命的背影……

唉！山村，天气变化大，毛毛雨，有点清冷起来。什么年月了？路边的刺梨还兴高采烈地开着花！

此一别，直到一九四九年春天我们在上海才又重新见面。

他刚从东北懊恼地回来，一个姓刘的叫德铭的人骗他去东北工作，不好好照拂他，差点流落街头……

他住在青年会宿舍，说不久要去嘉兴找张乐平。我说这样好。我以为张乐平比我们有钱，他在画《三毛流浪记》，拿着定期的稿费，却忘记他隔一两年生一个孩子和吐血的毛病，好像浅予的孩子也交他哺养。

我和他到虹口一间小极小极的酒楼上喝酒，他讲给我听那次安息乡一别之后的故事——

一出安息乡他就弄错了方向，原应向西北角的正路不走，选了条走回赣州的原路。两天之后来到一个荒无人烟的平丘地带。

四周静悄悄却埋伏着杀机。

陆志庠不知道他正走在国军和日本军对峙的两条战壕中间。双方上千支机枪、步枪准星都瞄准着这位不知死之将至的旅行者心脏。干吗不开枪呢？可能都在纳闷，这家伙那么有恃无恐、怡然自得是何方神圣？

正在研究的当口，陆志庠慢慢偏向国军防线这一边走来了。

国军喊话叫"站住！"不听。

鸣枪警告，仍然不听。

这就奇了！火线之中，谁想到天上会掉下个聋子哑巴？

派出个尖兵，一下子擒拿过来。

搜身之后，发现一张手绘的通向龙南的详细地图；一把上头绘有人形而其手指向可疑方向的扇子；此犯眼若铜铃；嘴上留日本胡子；不通中国语言，只哇哇发外国洋音。以上迹象，令到前沿阵地战斗人员十分兴奋，头一次眼见一个活俘虏甚至传奇中的间谍落在自己手上。

当然五花大绑，捆得结结实实听候上级发落。

这地方叫作"坪石"，是赣南的"坪石"，不是广东的"坪石"。叫"坪石"的很多，广东尤其多。

坪石镇有铺子和茶楼。人们早已习惯战争生活。近在三五里外的战场，只要枪声不响，还真有点"茶照喝，酒照饮"

的太平景象。

当年赣州的教育局长是一位名叫魏晋的先生，正在和这个地区的指挥官营长大人与一个加强连的连长大人在茶馆喝茶、吃点心。战争迫在眉睫而能吃得下点心的，那时候满街都是。

通讯兵送上抓到日本间谍的报告和缴获的证物。

营长懒洋洋地交代通讯兵说：

"证据那么确实，送上去也是死，就地枪决算了。"

魏晋局长一看报告所写的间谍外貌和动作，心里头起了个问号："会不会是我的朋友画家陆志庠呢？"便把这个意思告诉营长，别弄成天大的误会。

营长一想也对："那好吧！把犯人押来看看！"

不久，押来的果然是陆志庠。陆志庠见到魏晋局长老朋友，哇里哇啦直嚷。松绑以后，大发脾气，骂这些国军没礼貌。若是当时他耳朵能听得见营长刚发的命令，再没礼貌的行为也就算不得什么了。（以上材料，是抗战胜利后，在赣州魏晋给我的描写和补充。）

陆志庠只清楚国军在一个野外糊里糊涂把他抓住，经魏晋的担保把他放了。老朋友，解开五花大绑马上喝茶吃点心，不知道发生过救命之恩、千钧一发的因果。

魏晋局长还健在吗？若看到这段记录，会明白哪怕世界上只剩一个人时，终会记下他的善行。

《耶利米书》第十七章《训诲集》十七节说：

不要使我因你惊恐：

当灾祸的日子，你是我的避难所。

是耶和华的差遣吧？世上那么多堪怜的巧合……

我永远喜欢上海。

虽然我年轻时代的上海生活无一天不紧张，不艰苦，我仍然怀念它。没任何一个地方可以代替。

我知道此生再无缘与它相处……

跟陆志庠见面的机会不多。

"上海美术作家协会"我是一个稚嫩的成员。当时的前辈和老大哥们刘开渠、庞薰琹、张正宇、陈秋草、丁聪……是其中的主事。每月在其中的一家去聊聊天，吃一顿自助餐。这是跟张道藩另一个什么"会"唱对台戏的泛美术组织。

有展览会我就参加。记得送去的展品是两件泥塑，漫画家张文元兄的像和木刻家章西奎兄的像和一两幅极"新潮的""怪"油画。

真正投入的是中华全国木刻协会。春、秋二季展览，"反饥饿、反内战大游行"的传单……我跟着大家拼死拼活地工作。

我住在虹口狄思威路九〇四弄 x 号小小的花园洋房里（太小了，只一个天井一间房，应叫作"花盆洋房"更合适）。这原是去北平艺专教书的李桦和余所亚的产业，由我托管。后来章西奎兄住进来，负担了一半的房租。

房子虽小，来客不少。木刻界的朋友之外，刘开渠、刘狮、朱金楼、张正宇、钱辛稻、张乐平、陆志庠、黄裳、汪曾祺、阿湛、单复、沈荣澈、韦芜、田青……唉！越写越不认识了，请原谅，有的是我年轻的朋友……还有一位沈家三表叔沈荃，是从文表叔的亲弟弟，他在南京军事部门做事，到上海时，有时也来这儿坐，说是不久决心挂冠回乡，不想打内战自相残杀。后来真这样做了。解放初期被"镇压"在邻县辰谿布满鹅卵石的河滩上；近几年"平反"为"误会"，对不起！赔了三表婶娘五百块钱。

左派的报章杂志被查封停办切断了我们的水粮，日子越来越难熬。陆志庠一两个月才见一回吧，来狄思威路，就给他打四两"五加皮"，半斤花生。听他"呜里呜噜"瞎吹一通。

他政治上也有一套歪理：

"艺术弗关用！子弹才有用！"

"啊叫一进步？侬浪要革命，从咯浪项（指苏北）打过

231

来哉！真刀真枪！才叫风光。侬格档刻木刻、画画，唔啊用场！"

不同意他的意见，他就狂笑，伸直手臂，张开手掌，离对方的脸面不到两寸光景摇晃着，不管有理没理，一律回敬为：

"瞎三话四！瞎三话四！"

他的武器就是根本听不见。你写在纸上，他干脆别过脸去不理！逼得他紧了，生气了，也不发火；目无表情地喝酒，说着："好格！好格！"

他画画吗？画的，十二开白报纸的毛笔画。永远这么大小，永远的毛笔黑白画。

张光宇、张正宇、曹涵美的画，不谈；叶浅予、小丁的画，不谈；只说梁白波的画好。听他说过一次，深沉地，手重重地往下一挥，点着头："哪！格个蛮，好格哪！"

他好像不太注意别人的画。

太不像样的画，出得展览会，他会笑不可仰而不说一句话，指着门里……

他不买书。什么书抓起就看，一看半天。

我有一本杨重野兄送的德文版的《人体美研究》，厚厚一大册，许多照片，他借走了。

不久，他画了十几张画，明显来源于那本书上的却完全变了样子。雕塑似的形体，厚重，阔大，纯朴，充满现代观念的光华。他赋予原作另一种博大的生命。我心知肚明，对着那本书里的照片，他眼空无物；他神游太虚；他王顾左右而言"他"；他根本不是在临摹，他视那些照片如粪土而借题发挥……

我开始觉醒，站立在他艺术庙堂前面的这条朦胧的道路的初端。遥远之极，难迈进一步。

给上海大学生"反饥饿、反内战大游行"做木刻传单是偶然的一个动机。

我的一个小学同班同学李大宾在上海同济大学念书。我常从虹口步行到很远的同济大学去看他。为一种热烈的思潮所激动；我知道当时有许多家乡模范小学和厦门集美中学的同学在念大学；暨南大学、复旦大学、大夏大学和同济大学。我们同在洪流中，不言而喻，理想是一致的。

我和李大宾商量，我们木刻家有什么可以为他们效劳的？比如说，刻一些木刻之类的宣传品，在四天后大游行的时候散发。

李大宾老实稳重，觉得这办法很好，不过要设法先去问问领导人。

我也是冒叫一声。一个突发的动机，也没有去请示当时还在上海领导木刻运动的李桦先生。

双方各自回去汇报，都得到肯定的答复。

木刻家就行动起来了。在李桦的这间小屋子里，李桦、野夫、麦杆、赵延年、汪刃锋、阿杨、西厓和我，可能还有谁，记不起来了。躲在这间小房子刻了两个通宵。我刻了两幅，一幅叫作《打杀特务》，画面上，一根粗绳子吊着一个快死的特务；另一幅题目忘记了，画面是一粗手粗脚、横眉瞪眼手执屠刀的特务全身像，地上满是骷髅。听说解放后"上海学联"的一座什么长期纪念性的展览室里还有我们这些作品。

好笑的是，我们把这个工作看得太神圣，进行创作特殊的"地下传单"，心情都紧张而激动；大家说定："特务抓去，宁死不屈！"于是用毯子钉上了窗门，以免被特务发现。以后具有地下工作经验的党员笑着告诉我们，窗子钉上布，没被特务怀疑，算我们运气！

木刻底版由同济大学的三个大学生取走，他们用流水作业法，手工拓印了三万张（一说是两万多张），大游行时在外滩和南京路上大为散发。我那天也参加了游行，把在江西赣州画的一幅几十尺长的漫画也拉出去了。在外滩遇上了马队和水龙头，冲得我一身水，唯一的一套西装原是见不得水的，逃回家之后烤干，七扭八歪变了形，很不像个样子……

嗳！我们年少的快乐时光，一去不返！

因为要谋生，换了几个临时工作，政治空气令人气绝而毫无出路；恰好张正宇要两个帮手去台湾编一部《今日台湾》风光大画册，选中了陆志庠和我。

为什么选中我们两人？大概是实力和随遇而安的脾气得到他的放心吧！

上了轮船，陆志庠和我坐"统舱"，张正宇这家伙一直不露面。从统舱的洞口可以看见刘海粟先生和他的夫人在头等舱散步。有时是夫人单身缓缓地走着，穿着斑斓的彩衣。我解嘲为："在人间看天上的月亮。"陆志庠狂怒，哇里哇啦地叫。我说，没用处的，反正有一个权利大家绝对平等——一齐登岸。

我们住在台北建设厅招待所。日本式的，颇一流。我和陆合处一套，张正宇单住一套。邻居是董显光的女儿跟外国女婿和一个到处乱跑的两三岁小男孩。

抗日战争胜利不到三年，台湾生活中遗留不少日本味。打电话还是"咪西，咪西"；我们一天到晚吃日本定餐。街上的自行车轮子是旧汽车轮胎改的，好处是不用打气而特别结实。

听说这本画册出版的直接上司是台湾新闻处林紫贵。而张正宇又好像跟省长魏道明和设计人郑毓秀以及建设厅长等等颇有交情。事实如此，大半年吃住招待所而《今日台湾》画册影子也没一抹，后台不硬是难以维持的。

薪水不高，也闹穷，也嚷也叫，但到底跟大家关系还算融洽的张正宇这人顶得住周围的复杂路数，脾气好，见怪不怪，外界出现的棘手问题，哈哈一笑，他一手包了。真难为他。

张氏兄弟是中国漫画界主要的奠基者。没有张光宇、张曹涵美（他过继曹家）、张正宇三兄弟，中国全面铺开的社会美术运动、中国漫画为抗战所作的贡献真难以设想。他们三位的功劳不仅是历史和社会性的，更重要的文化贡献是生龙活虎的艺术实质。

家父给我十二岁的生日礼物就是张光宇和张正宇兄弟合作的一本小厚册子《漫画事典》。

曹涵美的《金瓶梅》插图，是中国的艺术瑰宝。手腕之高超，至今仍令人咋舌。

张氏兄弟极具企业化远见。他们深知要开展漫画运动必须运用强有力的出版手段，一九二六年首创了中国第一个萌芽状态的漫画刊物《三日画报》，发表了十九岁的叶浅予第一幅作品；一九二七年成立了"漫画会"；一九二八年创办彩色周刊《上海漫画》。叶浅予的《王先生》在第一期上开始连载。

我的家乡湖南凤凰县地处边远，因为外出征战的子弟人数众多，颇出了些有勋业的人，带回了爱文明和文化的习俗，我在四五岁左右由不懂到懂地开始看起《上海漫画》和《时代漫画》来。

大地方看杂志画报一掠而过；小地方来源不易，不免细嚼细咽，得益就深了几层。及至从幼年、少年，来到青年，深信的认识加上哺育的情感，我虽然从事木刻艺术创作多年，而一直跟漫画界的"爷叔"和老大哥的"家族"关系密切，就是这个道理。

张正宇七十多岁就逝世了。太可惜，太遗憾，也太伤感。他的书法、绘画正开始被人广泛地接受、欢迎，正开始为世界认准为中国高层次文化代表的关头，他逝世了。如果像齐白石、黄宾虹那么高龄，可以想象，会给世界文化带来多大的快乐？

张正宇是个二号胖子。腆着个大肚子，公然显示着"波霸"的胸脯，宽扁的笑容中露出两颗可爱的兔牙。在房间里，时常只穿一条白竹大裤衫，摇着大蒲扇来来去去。对艺术无比又无比地真诚。朋友的片纸只字，甚至自己儿女的童稚作品，稍有可观的，都珍惜地贴在本子上。一本又一本，不时地取出来跟朋友一齐欣赏。

在台北，我给他恐怕画了上百张非常"肉感"的速写像。应该还在的。

他是我和陆志庠的"老板"。几十年来，他从来是漫画界哥儿们的"老板"。听说他在二十年代末期的《时代漫画》时，管的就是"财务"。哥儿们成长了，老了，总是谐谑地骂他"抠门"。我和陆志庠背后也骂他"抠门"。现在回忆这些事，就觉得自己心胸不够敞亮，不体恤他。试想想看，管这么一摊子事，出一本厚厚的大画册，不"严"着点能成得了事吗？

工作越来越正经了。从上海接来了郎静山，郎静山带着吴寅伯、陈惊瞵两位助手。王之一、张沅痕好像也是这时候到了台湾。

《今日台湾》这部画册主要是摄影，所以郎静山这位真正的大师头一次到台湾来工作的重要性显而易见；于是全体陪驾作阿里山之行，真是兴高采烈。

由台北出发，一路火车到台南。

到了台南，水泥厂的尘埃令人烦躁，交际处一位留着小胡子的"风流小生"接待我们进了讲究的餐厅。

匆匆忙忙赶来了摄影家陈迹——陈迹这人真怪，今天已经七十多岁了，那时三十上下，第一次见到他，就好像是今天这个样子，不明白他过去长得老还是他今天长得小？

陈迹跟大家打了招呼；我们坐一种登山汽油火车上山。九小时到了，面对日月潭的招待所，还没安定，张沉痕这个小胖子却大嚷大叫这里没有抽水马桶，不住了！非要下山不可。原以为说说好玩，晚上吃饭不见了张沉痕，他真的走了。

我们在阿里山到处走，有时聚在一起，有时分散活动。印象深刻的是，郎静山在日月潭发电厂山上头拍那三根大输水管时高度不够，他站在胡文虎送他的那部摄影机上。至今我还想不通，一部照相机能这么结实。

坐着小木船到湖中的一个岛上去（是岛还是对面的陆地，搞不清楚了），高山族的一个一看就知道是假的酋长和两位漂亮之极的假公主来和我们应酬。照相机咔哒一声算一份钱。郎静山这时换了部小型电影机，机关枪式地连发，酋长算也算不来，却懂得一口气要了一个叠积的天文数目。当然不给，酋长就要抽刀，抽刀也不给，宣告这是省府来的大人物，这才协商了一个两不心痛的大价钱和解了事。太不愉快，回来的船上张正宇一直心痛，仅摇头摆脑，叹气……

步行上山去看神木，看新高山日出很方便。

我和陆志庠在山上狠狠地走了半天。沿山公路如果有自己的汽车，就会省去陆志庠多少烦躁。

在风景区内，并非所有地方都好看。好看和另一个好看的地方总得有一段距离，让美和美有个间歇。陆志庠不高兴了。眼见着一块好所在却隔着大山窝，必须沿着山腰的公路绕过去才能到达。就开始诅咒帝国主义！说世上一切的帝国主义都不安好心！

我说我原则上同意他的意见。

他说这山窝明明可以架一座桥不架，偏偏要在山腰绕来绕去开公路，就是日本帝国主义害大家多费汽油。

不可能吧！我说，这是公路工程的设计问题，一定有它的必要性。论费钱，架桥的钱用得多；因为这个山区有数不完的山窝，算起总账来，修绕山公路比架桥便宜。况且台湾过去是日本人管的，哪有自己设计来坑自己？

他更生气了，骂我像丁聪当年跟他在滇缅路讨论同样问题时一样地主观——"晓得哉！晓得哉！侬帮帝国主义讲话？！"

跟陆志庠在一起不要辩论，千万不要辩论。他不容许你有机会说服他。他听不见，也根本不想听。

台东、花莲都去了，回到台北。送走了郎静山三人，我们依然生活在台北建设厅招待所，一天三顿吃那破日本饭。

我刻了不少台湾生活的木刻。陆志庠呢？也画画，弄了

240

些台湾高山族照片，画了二三十幅非同凡响、几乎是他一生最具代表性的艺术大作。

大陆来的朋友多。前头讲到的王之一，一位非常儒雅的可亲的文士。还有包可华，诗人雷石华，诗人雷石榆，画家戴英浪、朱鸣冈、麦非，木刻家荒烟、黄荣灿、陈庭诗，报社的文艺编辑史习枚，本土作家杨逵，画家杨三郎、蓝荫鼎，另外的一位重要的朋友、老大哥王淮在台北做起进出口生意来，大嫂刘崇淦，五岁的女儿阿乖。

王淮有套较大的日式房子在闹市，在那里我架起画布画起油画来。很莫名其妙的新潮风格，酸溜溜的蒙昧主题，数目倒是不少，累得像个爷爷，是些什么东西？事隔四十四年，连自己也记不起来了。

在招待所我就刻木刻，木刻方面倒是随心所欲，自得其乐。

陆志庠画一幅十二开白报纸的画要三四天时间，慢慢地一笔一笔地"蹭"，真好，真气派，但进度缓慢，令看他工作的人都觉得自我衰老。

他还鬼鬼祟祟地到美国新闻处图书馆去，带回来巴掌大小白纸簿的亨利·摩尔画稿临本。临这些东西干什么？还反复地去，一本又一本闹个没完。对他的行为诡秘吃不透，甚至感到这是生理缺陷的人的旁枝动作。

他也找机会喝酒，不多，周围画家朋友经济情况比我们还差；比我们好的又小气，没有办法。他的喝酒能力如许大，大大地埋没了人才啊！

这时期，台大的许寿裳先生被暗杀了。

田汉先生和安娥到了台湾又走了。

我们还跟人打过一场架。

台北公园晚上有时有免费的音乐演奏会，海顿、巴哈、亨德尔这些人的短曲子。我们说不上如何热衷这些东西，不太懂，也没认真去钻研，甚至有时觉得太嘈杂；要是身边有三两个内行谈谈它们，我在旁边听听，起码可以品出点味来。这些人的曲子来回重复，无异轮换乐器打拍子，前后几乎都差不多。是不是这种弄法跟咱们的"四王"的画风差不多，只讲功夫而缺乏想象？

在我，听音乐会只是令自己有机会置身于别处所无的肃穆气氛之中，觉得一种飘飘然的"高级"的跻身。不懂装懂，不喜欢装喜欢；人家不咳嗽，我也不咳嗽；人家咳嗽，我甚至仿佛从来不咳嗽的样子回头瞪他一眼。懂得进场脱帽，礼貌地轻声查询位置号码。

我们晚上到公园听音乐会只是没地方好去，无聊。天气闷热。音乐会免费。要不然，拉陆志庠这个聋子听音乐会他也不干!

我去小便,把帽子放在位置上,回来时位置给一个年轻女人占了。

"对不起,这是我的位置。"

后排一个男人说话了:

"谁都可以坐!"

我看了看他的脸孔,原来是三个男人。

"那么,请让我拿我的帽子,你坐着我的帽子。"

这原是息事宁人的要求。女人不理。狗婆娘哪来一股专心听音乐的劲?我当然去她屁股底下掏帽子。这一掏坏了,后排三个男人其中的一个给我头上来了一掌。

陆志庠发现了。

周围听众开始鼓噪。我关照三个男人到公园外头去,回头再对陆志庠打手势说:"麻烦来了!"

陆志庠站起来,一个男人和一个女人走在前头,我跟在后头和另两个男人讲理。

出得公园门口,我还没有站稳,陆志庠就狠狠给那个男人一拳,这一拳揍得那么厉害,摔了两三米再撞到公园矮围墙上,起不来了。其余两个男人拔腿就跑,女人也哇哇叫着跟在后头。

我们怎么办？有什么好办的，陆志庠用含糊的浦东话问我："吧事体？"

我也走了。

特别的朋友通知："明天早晨七时，一部卡车等在门口，不用问，不跟任何人告别，上车到基隆搭船去香港。中午十二点彭孟缉要抓你……这是船票，港币五十元零用……"

到今天我还不明白为什么要抓我？我是共产党吗？

"文革"期间，说我是国民党。我说不是。我说国民党也不是随便拉人入党的。像我这样不安分的人，东奔西跑没个定数，怎么入档案呢？我想入，他们也不要呀！大冷天站在板凳上弯腰逼供，木地板上一摊汗。早知今天，还不如"入"了省事，弄得这么辛苦受罪！

国民党以为我是共产党；共产党以为我是国民党。我两样都不是。我从来都不是。我每一分钟的生活都有老朋友证明我不是。幸好他们都活着，尽管都在受罪，写个证明倒还是允许的。

我一到香港，就参加了"人间画会"。能跟在香港教书的妻子聚在一起了，在九华径找到一间住处。

九华径是个小农村，九龙六号巴士终点站的荔枝角还要走半里路才到得了。那儿房租便宜，五十元一个月，是作家楼适夷拉去的。那里住了作家王任叔、张天翼，后来又到了翻译家蒋天佐和女诗人陈敬容，又来了评论家杨晦，来了作家巴波和夫人李琦树，然后是诗人臧克家夫妇和小儿子，作家端木蕻良、单复，漫画家方成，画家朱鸣冈、阳太阳一家，作家唐人全家，作家考蒂克、李岳南、耿庸，政治家余心清。后来屋子后面又搬来跟文化界没有关系的湖南人沈曼若、广西人林健虎，还有位从美国回来的蒋炎午。大概都写全了，遗漏的只是少数。房子全是我找的，大家美称我为"保长"。

陆志庠这时候也来了。

说《今日台湾》大画册散了伙。屯积的一房子印画册的高级纸张，不印，比印出来的画册更值钱，算了一算，不印了。

我给陆志庠在隔壁找了一间原来老乡堆放饲草的小楼作住处。窗子像一本画册大小。居住条件说不上好，大家都不好，差别不大。它的暂时性意义是谁都知道的。吃饭时过隔壁叫他，到时候他也会自己来。香港是他的熟地方，他到处走。去看在大中华制片厂的张光宇、特伟、小丁、米谷、老所，去看过乔冠华和夏衍。纯粹是看，听是听不到什么的。

住了一些日子，老乡有意见了，早上要取牲口的饲草，敲不开门，不租给聋子了。

说好说歹，晓以大义，连哄带捧，浇熄老乡的怒气之后，协商出一个巧妙的办法：每晚陆志庠临睡前，脚趾公上绑一条细绳从小窗口垂到楼下来，轻轻一拉就算是敲门。也关照老乡使劲要轻，要不然每次叫门都得断根脚趾，一双脚用不上半个月……

相当长日子，我和梅溪才发现，他成天上香港九龙找朋友，是因为白吃我们的饭食过意不去。轮着吃大家的，朋友负担较轻。这是他的自重和自爱、体恤穷朋友的做法。其实不必要；两个人吃的饭匀作三个人吃是一点不见痕迹的。我们以后要小心了。我们一定哪一回对他显露过穷气了，这是我们的不好，伤害了他都不知道。

一九四九年秋天，他跟大伙儿搭船经天津回北京了。

一九五〇年我和梅溪回北京观光时，跟他见过一面或是两面，有没有吃东西，忘了。

一九五三年我正式回北京参加工作，在中央美术学院教书之后，才又开始来往。

我住在大雅宝胡同，他有时来，我们生活稳定了，能从容地给他准备酒、下酒菜，有时间、有心情听他酒后的一派胡言乱语了。

我和梅溪上街买菜，把不到一岁的儿子黑蛮交他照管，回来时，见他既洗好了奶瓶，也换了尿布，对着黑蛮呜里呜噜地谈话。

他的朋友也都是我十分动感情、尊敬的朋友和长辈：张光宇、张正宇、叶浅予、黄苗子、郁风、华君武、小丁……

跟陆志庠和张乐平是另一种关系建立的情分，跟那些好人不同。

同在一个京城，这时候生活不一样了。

跟老习惯、老规矩，年轻人受了委屈，挨了欺侮，可以找老人去投诉，得到慰藉，得到保护；现在，不论年龄，各人都出现陌生的危机。学问、见识、修养、经历、名誉……一个屁也不值。你去找尊敬的老人，而老人此刻正顶着迎头的烦恼，自顾不暇；他也正在求告无门吧！

社会的历史、层次、人情关系连根掀起，不是觉得不好，只是太不习惯的彷徨；革命嘛！小有牺牲、大有牺牲都是。不懂！不习惯！习惯就是，学习就是！

我熟悉、尊敬的这些前辈、老大哥不都是适应得很好吗？也不知是真是假？这帮上海滩才气横溢的调皮蛋群，忽然都一本正经起来；开会发言，有鼻子有眼睛，新名词一串串从口中蹦出，珍珠落玉盘，完全一副延安老干部气派。有时想起几十年前报纸画报上他们的记载，再看到眼前他们的庄重，简直令我惊为天人！

最常去的地方是东单西观音寺黄苗子、郁风兄嫂的住处。书和真诚的温暖使我想起了《圣经》诗篇第四十九"在你的殿中，想念你的慈爱"这段。

他们有许多好书和画册，毫不迟疑地任我借走，还了借、借了还。我们见面，百分之百的画和书的趣味。世界可爱极了。

胡同口就是许麟庐开的和平画店。挂的全是吴昌硕、齐白石、黄宾虹、张大千、溥儒和一些徐悲鸿的画。看和买齐白石、溥儒、张大千的画也是乐事之一。

黄宾虹的画我买得少。他的画是芥末，不像菜。

盛家伦也住在那里，许多书架的书，只是我一本也没有兴趣。音乐已经那么高深，音乐的书我怎么懂得了？

几年后，"反右"运动开始，盛家伦逝世已好几年，躲过了这个劫数。其余的"二流堂"一案的人都牵连进去。

这时候就"二流堂"的问题在王府井大街首都剧院二楼的一间会议室召开了一个颇为特别的会。主持人是夏衍、田汉二老。

出席人员都是跟"二流堂"有些瓜葛而不属于"二流堂"的朋友。其实，夏衍、田汉二老跟"二流堂"关系就不浅。我也不太明白为什么要开这个会。可能是个要大家放心的"打招呼"会，或是个"划清界限"的批判会。

陆志庠也来了，听也听不见，说也说不出，他就写出了自己这点意思在纸上，要别人帮他念出来。

有些人却是很急迫地寻找表达自己早就看出"二流堂"的人不是东西的机会，既然有这个什么会，就紧紧抓住不放：

"'二流堂'这些人，从来就是游手好闲的家伙，冷言冷语，吃喝玩乐，讲怪话。我和这些人来往，就好像一天工作累了上澡堂子泡泡澡，擦擦背，捏捏脚，放松放松筋骨精神……"一个老头子说。

"我觉得'二流堂'这般人都是寄生虫——甚至是社会主义渣滓。不学无术，一个有学问的人都没有，就拿那个盛家伦来说吧！他早就应该是个右派，虽然他死了好几年，我建议领导应该'追定'他为右派。"

"盛家伦号称是个音乐史家、音乐理论家，大家都称赞他的学问，我看他买空卖空，一点学问都没有……"

这时主持会议的田汉说话了：

"……这样好不好？我谈点关于盛家伦同志的看法。

"一个人死了，也就是一个人一生的结束，不再发展了，所有的细胞都停止活跃，老话把这个阶段叫作'盖棺论定'，到此为止！以后发生的事，和他没有关系了；以前，没有'反右'运动，现在才有，才开始。总不能把新账算到老账上去，我看，这个建议不要提了吧！

"至于盛家伦同志有没有学问，这跟所有评价学问的标准一样，都是相对的，分层次的。比如说我吧，我田汉的学问原本就不高，所以几十年来就认为盛家伦同志有学问而一直佩服他……

"当然喽！'反右'运动不是个评论学问的运动，不能因为谁学问不大谁就是右派；'反右'是个严肃的政治运动啊！……"

也不是所有人都发言。只有胆小的张正宇说了几句老实话："阿拉弗晓得吧么子'二流堂'，伊拉倒是时常关照阿拉吃物事，阿拉就算个'堂友'好吧？"有的因为年纪大，说不清楚；有的因为年纪轻，根本不晓得来龙去脉；我属于后一种。我觉得这个会很有意思，开眼界，长见识。这一回亲耳听到多少年来常跟"二流堂"的人来往的人，吃他们，喝他们，得到友谊、信任，甚至相濡以沫的帮助，没料到的局面忽然一变，马上翻过脸来不认人了，昧着良知喷人一脸血，真行！真上劲！如此方式地爱惜自己不如说是在糟蹋自己。要是我，在家乡说出一半这样水平的话来，我爹不把我装进麻包里沉潭才怪！

这不过只是一次小小的检阅。我不怕，只是情感上的战栗。

开完了会，我走在陆志庠的后头，冷极了，赶上抓抓他的手臂，他见是我，茫然地摊一摊他的手。

两个人坐在上海小面馆里，我喝着汤面，加了许多胡椒，一肚子慌乱；他喝酒。

"这下好哉！完坍哉！……咦？吧叫'二流堂'？"

我嫌麻烦，没告诉他，摇摇头，皱皱眉。

"有几化人？"他问。

写给他看——小丁、苗子、戴浩、吴祖光、冯亦代、唐瑜……

从此陆志庠更寂寞了。

"二流堂"的成员被押到北大荒去"劳改"。六十年代初放回来的时候，一个个从精神到长相都像个要饭的。

这是个政治上的大谜语，谁都猜过，连"二流堂"的成员自己都没有猜中。为什么要把衔受中华优秀文化的这些精英摧毁？"二流堂"不过只是遍地哀鸿的小小一羽。

文化窒息的危机当天看不见，哪儿痛、哪儿坏死还扪不着。现在，尝到味道了吧？一年复一年，不断地收获、咀嚼过往栽出的恶……

不停地"改过"，不停地"学习"，不停地"检讨"和"认罪"，虚掷掉几代文化精英的生涯，挑起他们相互怀疑、窥探、残杀、咬嚼、把仇恨当饭吃的情绪……

周恩来总理和陈毅元帅是真诚的文艺爱好者，委委婉婉、曲曲折折地总在找机会拉文化艺术一把，给一两口气透透。胆子勇气不小，却是本钱不够，事后又得检讨认错。"广州会议"和"文艺八条座谈会"就是如此。

记得"文艺八条"在沙滩中宣部的报告会上，陈毅元帅以副总理的身份对文艺界的代表讲了上、下午六小时的话，第一句就是：

"我刚才先上毛主席那里请过示，才到这儿来跟大家见面……"

每次中央领导人一讲话，文艺界人士就都以为"这下子可彻底见了天日"，回回如此；事隔不久，痛苦却又泰山压顶而来……

我要和我老婆张梅溪到西双版纳去画四个月画。自己画画，还应了一个出版社有关西双版纳的民间传说的《葫芦信》木刻插图工作。

这时候，美术界的头头华君武来了。

"听说你们要到西双版纳四个月，是不是可以带陆志庠去？你俩是他的老朋友，他也老了，脾气又怪，你们不带他去，以后谁愿意带他去呢？说老实话，这怕也是他一生最后一次的远游了。行不行？"

华君武是个热心肠的人。他跟陆志庠是三十年代初期上海漫画界的老熟人，对陆志庠的艺术心里有数，却是因为去了延安，现在又成为美术界的领导，几十年后的陆志庠跟他的来往不多，在"路线""方向"这些纷扰的生活中，还能细致深情地想到老朋友陆志庠，使我深受感动。

我当时认为自己颇习惯于跟陆志庠打交道，且不怕麻烦，毫不考虑便答应下来。只有一件难以估计的矛盾梗在心头——酒。

买不买得到酒？有多少钱喝酒？喝醉酒后在那个特殊的西双版纳地方会有什么后果？

"我另外约个时间跟他谈谈这个问题，定个纪律。你放心！"

对喝酒的人劝告他少喝酒或不喝酒，一点用也没有。明摆的事。喜欢，就跟他谈去吧！

出发的日期在某日的下午五点半。约定四点半在我家集合，五点坐车去北京站。

陆志庠五点十分来到我家，同来的有郑可和陆的夫人，他们一起在北海公园喝酒"误了一点时间"。

我们连滚带爬地赶到北京火车站上了车。

火车开动了才定下心来。那时去南宁的火车没有卧铺，硬卧都没有，我们面对面要坐在硬座上一天一夜。幸好三十年前大家身体都还过得去，也没有早知如此便不来的意思。

车子过了丰台，我有空来检阅一下陆志庠的杂事了。一去四个月，要带的证件和随用的东西都有了吧？他点点头。

"你带了什么随身证件？"我问。

没有工作证，翻来翻去只拿出一张什刹海的"游泳证"。我几乎昏过去。去到国境线旅行只带一张游泳证，如何四处写生？

"好吧！唉！你带了多少粮票呢？"我问。

"粮票？你们带得多，大家用用怕吧？"他说。

粮票在那时各人的定量，每个月卡得紧紧的，我三十斤，梅溪二十四斤，没带粮票，一路上以及到西双版纳四个月，我们三个人怎么活？他有自己的粮票，为什么不带？我的天！我再试探另一个严肃的题目。

"那么，你这次带了多少钱？"

"五十只洋！"他说。五十块钱过四个月这是什么年月的行市？

记得我身上大约有一千块钱，看样子能熬得下去。不过我觉得，华君武在陆志庠身上没有用足功夫，否则一定认为我是神仙下凡。

置之死地而后生，死马当活马医，天无绝人之路，哀莫大于心死……全想过了，反正四个月。闹超了也是四个月。危急的时候可以向云南省文联求救，向北京华君武求救。不要紧的，连游泳证没有也不要紧，反正有美术家协会的介绍信，再把问题向省美协的同志摊开，粮票、钱，到时候再说……这非噩梦而是真事，成事在人，有了人便有了一切，人是创造历史的动力……我是个健全得毫无遗憾的人……

　　一九六〇年还是个"人造饥荒年"，酒已难得见到。车到南宁，转搭飞机到昆明，南宁机场居然有酒。

　　"酒！！"陆志庠指着货橱。

　　"老华关照，别随便喝酒。"我说。

　　"买了不喝！"陆说。

　　"昆明也会有。"我说。

　　…………

　　"那，唉！买一瓶吧！"

　　到了昆明，受到云南省文联和省美协的关照，我们住在梁湖宾馆，说出了陆志庠没带证明文件和粮票的荒唐的抱歉，他们笑了，觉得问题也不太大。

　　晚上在餐厅吃饭，全队人马松了一口气。只是陆志庠颇为坐立不安。梅溪轻轻告诉我，他可能要喝酒。

我微笑特做了个喝酒的手势，陆志庠的自我禁忌打破了，眉飞色舞，急忙站起来从裤袋里掏钥匙，兴冲冲地回房去取酒。两分钟后又懊丧地空手走回来，后头跟着个服务员。

原来他出房间时关门的手太快，另一拿酒瓶的手太慢，门把整整一个酒瓶带酒夹得粉碎。烈酒将柚木地板蚀成一块块白斑，服务员非常愤怒……

我连忙道歉，愿意面见他的领导人，负责赔偿所有损失。后来知道并不严重，重新打蜡居然丝毫无损。

全队人马继续吃饭，明知是"殆天数，非人力"却意兴阑珊。

梅溪拉拉陆志庠，指着远处小卖部橱柜上的酒瓶们，陆志庠精神为之一振。梅溪过去拿了一瓶过来交给他。

这次他没有喝多，浅酌了两小杯，抹抹嘴，仍是没有欢容。吃完饭，走出餐厅我拍拍他的背，做了个打碎酒瓶不在乎的表情。他扬了扬眉毛，抿一抿嘴巴。他只是不适应突然发生的场景。回到自己的房间的门口，沉默地扬了扬手。

昆明飞到思茅，我们见到在专区公署任宣传部长的作家王松的夫人吴祥祉。在这样奇特的环境里工作，女人要有男人的气势。吴祥祉瘦，两眼有神，动作反应快速，是这么一块料。听说她跟丈夫王松以前在这一带打过游击。怪不得！

她告诉我们王松本在云南省文联工作，因为"右倾"，罚在西双版纳的孟遮地区当区委书记。"太好了，他在孟遮，你们画画方便多了。哈哈！好像他是为了你们才犯了错误在孟遮等你们咧！让我打电话给他，他会高兴死了！"

我们先到了允景洪首府，再转到孟海，孟遮是孟海县的一个区，我们在孟海报个到之后就直奔孟遮，见到了王松和他的区委会。在孟遮，我们住了三个月。在区委会住，后来又跟老乡住在一起。梅溪胆子大，不怕蚂蟥，下田插秧腿肚子上爬着五六条，她一条一条扯下来。我不行，我牛皮吹得大，但看见蚂蟥却无法不寒心。

为了《葫芦信》这本插图，我收集许多素材，也到风景区去画了好些写生。

陆志庠一张写生也不弄，只跟我们东看看、西看看。玩的时候都在一起，有时他也单独活动。他不喜欢有人陪他。他不知道，这是边防线地带，极容易引起误会甚至发生意外的，当然，还有自然界的危险。他服了理，但改变了工作方法，躲在屋子里工作，甚至大白天放下帐子，坐在帐子里画画。陪他的年轻翻译变成个失业者，在院子里东飘西荡，帮厨房做饭。

陆志庠从文化馆借来许多北京出版的《民族画报》，翻出有关西双版纳的图片，照着这些参考作画。

身在西双版纳，躲在帐子里抄画报上的西双版纳照片作画，谁听见过？

人说苏东坡"明月几时有？把酒问青天……"那阕《水调歌头》词，相同的字太多，而有的地方不合平仄。另一些人就说，别人不可以，只有东坡可以，因为他是"谪仙"。

陆志庠也是"谪仙"，别人不可以的只有他可以。因为他的作品非凡人可论。他根本不是"照相主义"。

我见他躲在帐子里那副认真神气，想到体验生活一般人的常规，仍不免有时发笑，但绝不敢当着面笑。他疑心重，会举一反三地推敲你的用心，会大发雷霆。

他带着一大叠十二开白报纸，用3B铅笔一张一张地勾线，勾完就算，预备回北京后再加下重重的墨色。他在西双版纳没有画过一张带墨的东西。他可能是因为体验生活时期的节奏太快，无法安心。

谁也没有耐心看他那十几笔线条画出的形象用那么长的时间，对付线的微妙和精确，简直像刻图章的讲究。粗率的观众怎能懂得？

他那时五十多一点，得意的时候也会吹一吹自己。如何吹法呢？他用大拇指和食指比了一个三寸左右的长度说："我要画这么厚的画！"他从来用的是白报纸，三寸厚的画有多少是容易算出来的。有时又说："我六十岁退休以后才认真画画！”

在北京我家一次吃饭时他也说过同样的话。我劝他不必等到退休，应该马上动手，还送了一刀一百张的四尺夹宣给他，几年来一直放在橱顶根本没有打开。

后来我们告别王松顺着澜沧江到了风景一流的橄榄坝，也没有动摇他不写生的念头。我写生，他东逛西逛，像个游手好闲的人。他睁大着眼睛看来来往往活动的人们，为以后创作储存精彩的细节吧。

他也经常高论连篇：

“照相机是好东西，现在的弗好！有朝一日，能够看哪儿照哪儿，我才买一具！”

“弗是弗想画，只是侬画伊做吧？”

“吧都好画，吧都弗好画。”

“画画易，做画家弗易！”

“画，有阿姐画，阿妹画，儿子画，阿爹画，阿妈画，军人画，和尚画，婊子画……一辈子改弗脱。”

“画画要弗扣，会画才弗怕。”

……

三个多月过去了，我们回到允景洪首府。住在招待所里。从北京还来了后来冤死的学者孙定国；来了为毛泽东摄影的侯波和她的丈夫——新闻电影制片厂厂长徐肖冰，副厂长钱筱章；还来了音乐家田川上校和几位舞蹈家……

日子十分之轻松活跃。白天大家分头出去工作，吃过晚饭，坐在长满热带植物漫溢着香花的院子里聊天。天这么蓝，满布着星星，世界真好！谁看得出来在座的都是从一年、两年前的灾难中突围出来的人？谁能知道在座的人快乐的笑脸上一两年前都曾经哭过？

海阔天空，什么都谈，只回避一样——过去那些共同的、会心的痛苦和隐忧。

一件事使陆志庠生气了。

我们一起逛新华书店，我买到一部厚厚的书《精神病学原理》。久已渴望不免令我惊喜万分。他原在门口等我，一看书名马上掉头而去。

招待所里只对我说："你买书来研究我？"即不再理我。怎么解释也没用，并且马上要回北京。

这事万万不能扩散给外人知道，更遑论请人劝说。我写了一张纸条给他，指出他的荒唐不近情理。他不理！

梅溪想去调解，却缠着要梅溪给他打电话到思茅买飞机票，打电报要北京接机，向允景洪要车到思茅。

我让梅溪给他一些钱。他收了。

疾如烈风，第二天真的走了。他真的认为我把他当作神经病。我自然也很生气。莫名其妙！见了鬼！我犯得上花七八块钱买一本书来研究你吗？……

好几天心里窝囊不堪，一肚子气没地方出！

……

十几天过后，我们也回到北京。

我告诉华君武、黄苗子和丁聪老兄，他们幸灾乐祸地大笑。丁聪兄还说，陆志庠给他看了我写给他的解释的条子。丁聪对他说："条子上写的就是永玉没有把你当神经病嘛！""他连我也骂了！"

陆志庠居然留下我写的条子，真有心眼！

后来大家又和好了，照往常一样接他来家喝点小酒。孩子学着我和他谈话的方式，在桌子上一画一画地写字的动作，以为能跟他作语言沟通，引得他大笑。

遗憾的是，以后的"社教运动""文化工作队""邢台四清"，一年又一年，接着十年的"文化大革命"切断了我们的亲近。一刀又一刀，把我们大家的心情剁成碎块。谁还顾得了谁呢？

十年、二十年的离别，同在一个皇城里，直到"四人帮"垮台才再有缘相见。我们却都老了……

他只是轻描淡写地告诉我们，"文化大革命"中，他自己烧掉了所有的画。

他曾经被遣散到南方去过，后来又"回来了"。

他的重听和滞鲁的语言救了他；因为这种生理缺陷过滤了群氓的激情，也疏离他对于外界发生的大动荡的心理压力。

朋友们从来不怀疑他完成伟大作品的可能性；也深知他不可能完成伟大作品的主观原因。

留给后世的只有一句话：

"我们曾经有一个陆志庠！"

让百年之后的人自己去问一个"为什么"吧！

我自小在漫画的摇篮里长大，而今却是近七十岁的老人了。

当年的张光宇、曹涵美、张正宇、黄文农、鲁少飞、叶浅予、梁白波、胡考、张乐平、陆志庠、蔡若虹、华君武、丁聪、黄苗子、郁风、特伟、麦非、廖冰兄、黄茅、张仃、张文元、汪子美、高龙生、黄尧等人的名字，是我常念的经。

抗战八年，我自学木刻，参加了木刻运动，却是念念不忘漫画和我的情分。

我的艺术思维种下了漫画的根子。

我艺术上的讲究，得益于漫画界的前辈的修养。

我没有读过现代中国美术史。一个人不读美术史也可以画画。我就是证明。那么中国现代美术史从何开始呢？

明朝的意大利人利玛窦为中国人带来起伏明暗的铜版画，"观有凹凸，抚实平面"神乎其技，启迪我们祖先新的眼光。

郎世宁的画动摇了中国传统画的根基，令皇上将信将疑起美学价值来。

李叔同（弘一法师）在日本画过女性裸体油画，先进入学院，待遁入空门，物我两忘，没有引起反响。

刘海粟人体写生启蒙运动虽得到保皇党康有为的欣赏，却受到北洋军阀禁锢和打击。开创的艰辛形成孤军奋战，百年空得长啸。

徐悲鸿从法国带回一整套学院派写实主义教学方法，锲而不舍，代代相传，形成血源正统。只是从道德嗜好上却又鄙弃二十世纪初期以来的绘画发展趋势。为马蒂斯改名"马蹄死"是代表行动之一。

林风眠院长是新派画的实践者。勇敢的艺术个体户。

他的学院是新派画的老窝。画会、学派的成立如雨后春笋。"决澜社"的成员有年轻的庞薰琹、阳太阳、杨秋人、倪贻德和梁白波……他们才是创新的先行者。只可惜风格囿于法国"巴黎画派"前后局面与学院式的孤芳自赏，加之抗战开始，奔赴献身、热血慷慨，各自相忘于江湖，难见气候了。

二十年代末三十年代初，漫画界一帮年轻闯将横空出世。

他们狂热地创作，饥渴地吸收，从古到今，从洋到土，只要有用，一律据为己用。张光宇、正宇兄弟最善于吸取江南民间艺术的精华，是把这种素质升华到最高度的第一人。张氏兄弟又是珂佛罗皮斯、蒂埃果·里维拉、西格罗斯无数墨西哥艺术巨匠的艺术热情的传播者。那个时期，张氏兄弟的作品上，也满溢着墨西哥浓稠的感情、灿烂的色彩、厚实的笔法……就表现中国人民性这一点，张氏兄弟发现了中华民族与墨西哥民族有许多共同之处，而命运也颇为近似。难怪他们那样运用自如！

蔡若虹、陆志庠的乔治·格罗斯的暴露、批判资本主义法西斯的斗士精神风格影响。

华君武萨坡裘辛辣讽刺的风格的影响。

特伟的大卫·罗的风格影响。

叶浅予一泻千里的大西北风格、印度风格、张大千风格、戴爱莲风格、新疆风格、京剧风格，每个时期都鲜明强烈无比，骑士般地在艺坛驰骋。

梁白波郁沉铁线描，精微之极的西域精神合着汉唐风格（她原是"决澜社"的成员）。

郁风的文学诗的风格。

张仃的毕加索古典主义时期与中国民间风格的影响。

....

....

抗战开始，这一帮勇猛的开拓者掉转社会批判的枪口投入伟大的民族解放战争之中。新的美学观念、新的表现手法马上得到更广泛的运用、检验和锻炼。

街头巷尾、大广场、游行队伍、展览会场，大轰炸、大流徙漫画无处不在。人民同仇敌忾，受到教育和鼓舞，也提高了艺术欣赏口味。有如天宝盛事，如熟的人至今还津津乐道。

八年抗战，漫画和木刻两门兄弟艺术可算为人民立下了汗马功劳。

那一帮年轻的先行者，今天都已进入老年，可算是历尽艰辛委屈。故事一串串，像挂在树梢尖上的冬天凋零的干果，已经痛苦得提不起来。

有谁记得他们才是新艺术最实际、最得力的开拓者呢？

这不禁令我想起郁达夫的两句诗来：

为何八卷临安志，不纪琴操一段情？

唉！我们这个世界！

一九九三年一月十一日于香港

余所亚这次真的死了

朋友刚来电话，说老所一月九日死了。

太突然，我要冷静地想一想。

四十多年来，老所"死"过许多次，这一次是真的了。我已经来不及悲伤，也许是自己老了，也许是近年来死的亲人和朋友太多，也许是自己对生死已经不那么看得重要。但老所毕竟是我体己的、尊敬的朋友和兄长，而他的生的洒脱旷达，几乎自己淹没了自己的光彩，那么不为人知；熟知他的老友凋零殆尽……

漫长的特殊之极的岁月像"王水"一样溶蚀一切，五彩缤纷的个性消化成恐怖的袅袅清烟……

老所在漫画界是个思想家。抗战时期香港、重庆、成都、昆明；抗战胜利后的上海，他的漫画作品含义深刻，从不流俗。

夏衍、绀弩、胡风、马思聪……以及周恩来、廖承志、乔冠华……许多老人都是他的知己。可惜他的作品不多，更特别的是，内容耐人寻味的文学深度，在文学上的影响比艺术界大。真是有点特别。

老所死了，人们纪念他，是因为解放后，他从事木偶戏创作的功劳。在我看来，他的高尚的人格和智慧以及文艺修养，远远超过众人所知的范围。他蕴藉、不动声色地跟木偶打了四十多年交道，之外的那些才情，早就心甘情愿地微笑着"死了"。

老所自小有生理的缺陷，双腿在幼儿时就停止了发育，而上半身的躯干却像大力士那样健美。

一九四八年木刻家王琦在思豪酒店楼上开个人作品展览时，郭沫若和他的妻子于立群到场，于立群见到老所，问他两条腿为什么这么小时，老所不耐烦地挥了一下手，开玩笑地告诉她：

"等我印好说明书，以后送你一张！"

老所代步的是两张小窄凳子，一手捏一张，左臂移动，再右臂移动，支撑全身迈进。若是来到朋友家里，跟孩子最是亲近，让孩子们玩他的凳子，他则坐在一张正常的椅子上满意地用广东腔北京话逗着孩子。玩过他凳子的孩子，算来也该四十多五十岁了。

也不能说，因为行动不便影响了他的社会活动。抗战胜利复元，他第一批到了上海；黑色恐怖，他第一批逃到香港；全国解放，他第一批从香港回到北京。

一九四六年，他跟木刻前辈李桦在上海虹口狄思威路九〇四弄"顶"了一间叫作"花园洋房"的房子。一间三公尺乘四公尺的房间，一个门，一个窗口，外带一块两张双人床尺寸的洋灰地"花园"。那时我也住在虹口区朋友家，常到他们家去玩甚至"混饭"（经常一齐面对面混饭的有漫画家方成）。

他们有一具上发条的留声机。我有系统地懂得听交响乐上瘾，是从他的影响开始的。

他"去"香港，李桦上北平艺专教书，那座伟大的"花园洋房"就由我继承了。他们没要我一个钱，而弄来这座房子却花了他们的金条。

在香港，老所住在九龙弥敦道尾、青山道头的一间木匠工棚子里的一间居然很像房间的"房间"里。出出进进的都是他的好朋友木匠们。鬼知道这是一种什么关系。

隔壁是间露天汽车修理站，墙根埋了口五十加仑铁汽油桶与地平齐，以供木工和汽车修理工大小二便之用。夏天就淋了些汽油在浮面，防止苍蝇蚊虫孳生。

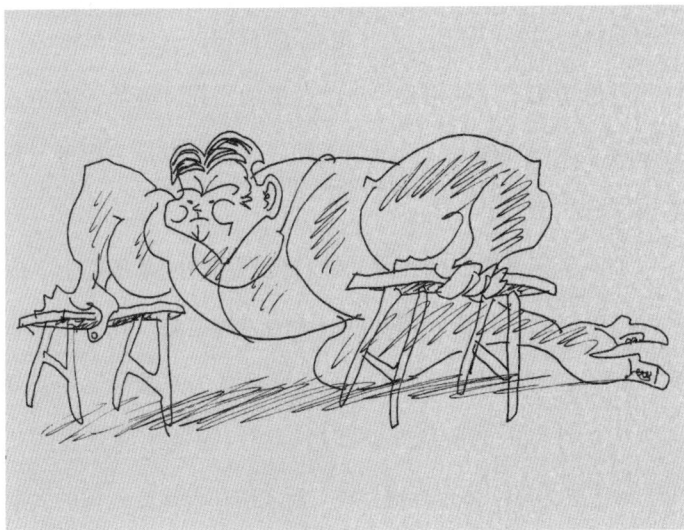

老漫画家余所亚

汽车站过去是一座住家高楼，大墙没有窗，满满漆上一幅"高夫力"香烟广告。老香港应该记得，弥敦道到此为止，左边是青山道，右边已经是有点"野外"的山路了。

从台湾逃来香港的木刻家荒烟莫名其妙地也住在老所那间房里去了，后来因为上厕所抽烟不小心，把烟头扔进淋了汽油的厕桶内烧了屁股，在医院住了好些日子。

马思聪买了一捆用破牛皮纸包妥的小提琴碎片，就是放在老所木床的顶棚上，后来请人粘好了，据说是一架意大利名家制造的无价宝。

那时木刻家新波住在跑马地黄泥涌那边的某条街上，他和老所是好朋友。新波那时画油画的兴趣很浓，我见了是非常佩服的，哪怕事隔四十年，至今我还认为是独一无二新鲜而强大的作品。老所从九龙那边一摇一摆地来到新波的住处，对这些作品不留余地地批评，新波的那种接受批评的大度，真让我这个后学震惊。

到一九四八年，我住在九华径的时候，老所的一位朋友谭醒风不知从哪儿弄来笔钱，要拍一部木偶片。剧本由老所执笔，他邀我做人物造型，我记得还有傅天仇，当然不止就我们三个人，只是记不全名字了。由谭醒风借了黄大仙附近的一家片场的小屋作临时作坊就动起手来，用泥巴捏了许多人头、大树王子，以及影射蒋介石形象和其他各类人物。以后的印象模糊了，如何完成了电影也记不起来。后来被称为"新中国第一部木偶片"，那也是当得起的。

就在做泥巴人的那段时间里，发生了一个有趣的插曲。已经是冬天了，要穿厚衣服的时候，有一天我们在门外休息，看一位当时鼎鼎大名的女演员拍片，女演员脱下"皮草"正式开拍的时刻，一个临记讨好地问她："你唔怕冷吗？"

女演员回答说："为了艺术嘛！"

老所忽然发怒了，大声地："丢那妈！你懂艺术？为了钱！"

所有的人都呆在现场，最少也有三四秒钟静默。我不清楚那一帮人认不认识老所，只知道这句话的分量很重。

在上海住的那座房子的房东是个日本人留下的中国老婆，为人很恶毒，要房租就要房租吧，又不拖不欠，却是恶声大气，像是日本皇军还在继续打胜仗的口气。一次不知什么原因把老所惹翻了，指着房东太太骂出一句特别语法的话来！

"你是一个不君子的女人！"

广东内容广东腔的"国语"，除了我之外大家都听不懂，只能令我一个人发笑。

回北京以后，最初十年大家还能经常见见面，以后想必彼此年龄的增长以及每次的"运动"中的自我挣扎较忙，来往就少了。庄子曰"相忘于江湖"庶几近之。老所认识的人多，谁出事免不了都要关照他，他一定闲不了。"文化大革命"期间，听说到老所在几千人大会上接受斗争时，是由他的五岁大的孩子推着破烂的儿童车去的。上头坐着老所。

我那时心凉而狠，只有这样一种反应：

"哦！老所快不用他的板凳了……"

关于老所的为人，聂绀弩老人在还不怎么老的几十年前写过一篇有关于老所的长文，好像名叫《演德充符义赠所亚》，是一篇研究老所最权威的文章。

可惜《聂绀弩杂文集》没有选上。

说老所死过几次，重庆时期、上海时期、香港时期、北京时期都有过这种误传。在香港的那一次，还是我转告绀弩的，他听了十分难过，说要再写一篇文章。幸好没写……

这一次，老所真的死了。

一九九二年一月十四日晚疾书

黄裳浅识

　　黄裳生于一九一九年，这是开不得玩笑的时代，意识和过日子的方式全世界都在认真地估价，"生和死，这真是个问题！"哈姆雷特这样说；"剥削和被剥削"，十月革命这样说。黄裳比中国共产党年长两岁，他是奉陪着中国共产党一直活到今天的。

　　黄裳是山东益都人，一般地讲我对山东人印象都比较好，大概自小起始于《水浒传》吧！认识黄裳倒并非因为他是山东人。怎么第一次的见面已经记不起了，时间在一九四六年底四七年初，《文汇报》编辑部里还是别的什么所在，若是在编辑部，那是全今还历历在目的。八张或十张写字台，黄裳的桌子在进门的左手边，有陈钦源、叶冈的座位，他们是在一排。杨重野、杨卓之诸位好像在另一个房间。

　　我到那里只是去取稿费，来往较多的当然是黄裳和钦源两位老兄了。钦源是广东人，我们多有一些话说，他还邀请我上他父母家吃过饭，他父亲是做雪茄烟生意的，在一条热闹但很窄小的街的二楼，楼上有讲究的货架，放满一盒盒的雪茄。

跟朋友开玩笑吹牛皮，我常常讲见到许多前辈和朋友的父母，比如说钦源兄的父母，黄裳兄的母亲，苗子兄的母亲和郁风老大姐的妈。再远点见过沈从文表叔的爹妈（我叫姑公姑婆），见到过林庚先生的父亲林宰平老先生。近处讲，见过汪曾祺的父亲，金丝边眼镜笑眯眯的中年人。说这些干什么呢？介绍介绍那个时代我的人际氛围也。

那时我在上海闵行县立中学教书，汪曾祺在上海城里头致远中学教书，每到星期六我便搭公共汽车进城到致远中学找曾祺，再一起到中兴轮船公司找黄裳。看样子他是个高级职员，很有点派头，一见柜台外站着的我们两人，关了抽屉，招呼也不用打地昂然而出，和我们就走了。曾祺几次背后和我讲，上海滩要混到这份功力，绝不是你我三年两年练得出来。我看也是。

星期六整个下午直到晚上九十点钟，星期天的一整天，那一年多时间，黄裳的日子就是这样让我们两个糟蹋掉了。还有那活生生的钱！

我跟曾祺哪里有钱？吃饭、喝咖啡、看电影、坐出租车、电车、公共汽车，我们两个从来没有争着付钱的念头。不是不想，不是视若无睹，只是一种包含着多谢的务实态度而已。几十年回忆起来，几乎如老酒一般，那段日子真是越陈越香。

黄裳那时候的经济收入：文汇编副刊、中兴轮船高级干部、写文章、给一个考大学的青年补习数学、翻译威尔斯的《莫洛博士岛》（屠格涅夫的《猎人日记》是不是那时候？不清楚了）。出几本散文集，还有什么收入？伺候年老的妈妈，住房及水电杂费，收集古籍图书，好的纸、笔、墨、砚和印泥……还有类乎我和曾祺的经常的食客们……他都负担得那么从容和潇洒。

前些日子我到上海，问容仪："你听过爸爸开怀大笑吗？一个儒雅文静的书生的朗笑。"容仪说："是吗？他有过大笑吗？"有的，一种山东响马似的大笑。在我回忆中，黄裳的朗声大笑，是我友谊的珍藏。很可能，两位女儿哇哇坠地之后，那年月，黄裳没有空了。从历史角度看，哭的时间往往比笑的时间充裕。

说一件有关笑的往事。又是那个可爱的星期六或星期天，好像吃过哪家馆子，他两个人喝得微醒的程度，我走在离他们二十步远光景，观览着左右毫不相干的热闹，清醒地说，我们应该是从另一些马路拐到这条著名的马路上来的，叫作四马路，四马路有这个和那个，是我自小听老人摆龙门阵知道的。我不喝酒，却是让两位的酒气加上闷热的酒楼熏得满脸通红。说时迟那时快，斜刺里闪出两条婆姨，一个挟我一边手臂，口里嚷着："先生帮帮忙好哦？先生帮帮好哦？"往弄堂里拖。挣扎了好一会儿，两位女士才松了手，这时我听到黄裳那放开喉咙的笑声。两位仁兄慢慢走近，我似乎是觉得他们有些过于轻浮，丝毫没有营救的打算，继续谈他们永远谈之不休的晚明故事。眼看朋友遭难而置若玩笑，我设想如果黄裳或曾祺有我遭遇，不见得有我之从容。那次的笑声似乎是震惊了马路周围的人，引开众人对我狼狈形象的关注，若如此，这又是一种深刻意义的救援了。

黄裳很善于跟老一辈的人往来，既婉约而又合乎法度，令人欣赏。同学中也有许多有趣的、功力深厚的学人，如周汝昌辈。在他的好友中最让我感动的是那一门忠烈的黄宗江为大哥的黄氏家族，他们的交谊简直可写一部美丽的戏。

黄裳到底有多少本事？记得五十多年前他开过美军吉普车，我已经羡慕得呼为尊神了，没想到他还是坦克教练！……

至于他的作文，唐弢先生是说得再准确没有了："……常举史事，不离现实，笔锋带着情感，虽然落墨不多，而鞭策奇重，看文章也等于看戏，等于看世态，看人情，看我们眼前所处的世界，有心人当此，百感交集，我觉得作者实在是一个文体家……" "推陈可以出新，使援引的故事孕育了新的意义，这是有着痛苦的经验的。但在文字上，我们却以此为生活的光辉。"

黄裳兄的书我几乎都读过，从上世纪的四七年到今天近六十年了。心胸是一件事，博识是一件事，多情又是另一件事；文章出自一个几十年自凌辱、迫害的深渊从容步出的、原本有快乐坦荡天性的山东人笔下，自然会形成一个文化精彩排场。

和黄裳做朋友不易，几十年来他却容忍我的撒泼、纠缠，他也有一套和我做朋友的学问。大庭广众酒筵面前他几乎是个打坐的老僧；在家里我们都曾有过难以忘怀的谈话。他是个弄文的，我是个舞画的，"隔行如隔山"是句狗屁话！隔行的人才真正有要紧的、有益的话说。他明确地、斩钉截铁地、决绝地讨厌过某某人，那是很勇敢的，即使在戴右派帽子的年月，有人听过他求饶的话吗？苦难年月，罪人常采用屈辱方式强化自己。培根说过："那些喜欢出口伤人者，恐怕常常过低估计被害人的记性。"（培根说的仅仅是"出口伤人"，还不够害命的程度）既然迫害文化人是种文化现象，文化人怎么会不记得？手无缚鸡之力的文化人怎么办？读书！个个文化人发狠读书，让迫害者去孤独！凋零！

我特别喜欢黄裳兄的三篇文章，一是解放前的《钱梅兰芳》、一是解放后的《陈圆圆》和《不是抬杠》。

《饯梅兰芳》一文的历史背景和几十年后重翻波澜的情况就不赘述了，想想看，当年的黄裳兄才不过二十几岁的人，有那么深刻的胆识、那么宏阔的气势，敢面对大权威作好意委婉的规劝，文章是那么漂亮，排解得那么清晰，遗憾归遗憾，谅解归谅解，事情却是铁板钉钉，大家看完，大大舒了一口气。这钉子是黄裳敲下的。

后两篇文章是针对姚雪垠的。

抗战时候在重庆、桂林……批判姚雪垠的小说《差半车麦秸》，连茅盾公都上了阵，像是文艺界很大的一件事。《差半车麦秸》我好像也读过，可惜至今一点影子也没有留下。解放后，我一直对朋友鼓吹三样事，汪曾祺的文章、陆志庠的画、凤凰的风景，人都不信。到六十年代，曾祺的文章《羊舍一夕》要出版了，我作了木刻插图，人说汪的文章出版，姚雪垠曾讲过好话。怎么讲？哪里讲？我都不清楚，只觉得姚几时从重庆到了北京让我新奇，世上到底也有人懂得曾祺了。算是对姚有点好感。多少年之后的某一天，好友李荒芜来找我，说姚雪垠要请我为《李自成》作插图，我告诉荒芜实际情况不可能。一，我在为北京饭店搞美术设计，工作很忙；二，为《李自成》一书去认真研究史料太费力，不值得。荒

藏书票中的黄裳

芜还是缠住不放。我们在北京饭店几个画画的为了搜集创作资料旅行到汉口时，姚还有信追到汉口，我没有回信。几个月后临近春节，我们来到成都，听说北京将要开展批黑画运动，其中一张猫头鹰尤其恶劣……我说："唉，画张猫头鹰算什么呢，我不也是常常画嘛！"回到北京才知道指的就是我，这已经是家喻户晓的了。一天跟潘际坰兄嫂几位老友在康乐酒家吃饭，进门又碰见那位热心而诚笃到家的荒芜兄，说要和我谈件事。我说："你甭谈，我先谈，我从没考虑过为姚雪垠作插图，请他放心。你还有别的事要谈吗？"荒芜说："就这事。"我说："好，就这样？"荒芜也说："好，就这样！"

姚的《李自成》我找来看过，没有看下去，觉得似乎是别有所指，有点井冈山的意思。后来香港某家月刊登了姚写的古体抒怀的诗，其中大意是："为什么我把《李自成》写得这么好呢？都因为学习了马列的缘故。"……这样一来，对姚的印象就丰满多了。

黄裳兄的两篇文章无异是端给姚雪垠的两碗醒酒汤，人一醒，话也就少了。

一个人的文章好，总是给人提供一些智慧的线索；正如托尔斯泰称赞契诃夫文章说的"既美丽又有用"。

黄裳兄这一生为书遭遇过烦愁也享受过泡在书里的快乐。

人常常称呼这个是读书人，那个是读书人，要晓得，做一个真正的读书人可真不易。作家有如乐器中的钢琴，在文化上他有更全面的表现和功能，近百年来的文化阵营，带头的都是文人。鲁迅啦！郭沫若、茅盾啦！巴金啦！周扬啦！……至于谁和谁？够不够格？人和作品，大浪淘沙，只好让历史去讲公道话了。

一个作家归根结底是要出东西，出结实、有品位的东西，文章横空出世，不从流俗，敢于路见不平拔刀相助，闲事管得舒坦，是非晴明，倒是顾不上辈分和资格了。辈分高莫高过郭沫若，荣华富贵，到晚年连个儿子眼睁睁保不住，这是一种读书人的凄凉典型。这类人，中国当年还少吗？

和黄裳兄多年未见，这半年见了两次。我怕他行动不便专门买了烧卤到府上便餐，他执意迈下三楼邀我到一家馆子去享受一顿盛筵；我再到上海，兴高采烈存心请他全家到我住的著名饭店餐厅吃一顿晚饭，那顿饭的水平吃得我们面无人色，使我惭愧至今。

座谈会说好我要参加的，"老了！打不动了！"（萧恩语）眼看从凤凰到张家界四个多小时的汽车，还有个来回，写了个小小发言稿，抒发友谊情怀。

二〇〇六年六月四日于凤凰

白首偕老之歌

　　苗子郁风兄嫂要在香港开书画展，我自告奋勇说要写一篇文章，这可不是件开玩笑的事。日子近了，除掉郁风画的那幅德国风景之外，所谓"画展"中的几乎所有作品我都没有看过；没有看过而要介绍画展，有如看过画展之外行硬要逞能评画一样无好下场，这事我是从来不干的。我自己不上别人的当，也不拿当给别人上。

　　好朋友之字画，用不着当着好朋友称赞，就好像天天早上吃早饭时面对着自己漂亮（假定）老婆说：

　　"他妈的，你真漂亮，简直像天仙！"非挨一顿臭骂不可！

　　无聊！愚蠢！

　　对老婆，要打心里谢谢，如初恋般地永远地爱慕。从年轻时看她的背影到老，她是你俩整体的一半。漂亮的眉梢边的皱纹和霜染的鬓角，是你生命中明澈的镜子。苦难到来，不管相距远近，你俩的心跳是既同步又共振……想到这里，人生多值得欢歌啊！

夫妻间的关系像幽兰，芳香、隽永；朋友呢，更明亮、更灿烂。夫妻生活，或是像甜蜜而热闹的蜂房，像宁静的林中溪涧；朋友呢，是大地，是世界的全部……

友情是爱情的扩大。

时光倏忽，几乎喝一声"疾！"就过去大半辈子。十分可惜啊！好朋友在一起，总嫌光阴不够。一个人应该努力创造是一回事，当觉悟到应该马上努力创造又是一回事。尤其不忿的是大伙儿的时光让几个混蛋浪费掉了！——忽然一起老了！痛苦得真令人呼天抢地。

苗子和郁风兄嫂这么一对文雅、旷达的夫妇，能想象他们是从血海和无尽的灾难中活过来的人吗？对于悲苦、负义、屈辱……他们只是付之一笑。那么洒脱，那么视之等闲——进入死亡深渊而复从死亡深渊爬出，有如作一次风景绮丽的轻快旅游而神采淡远，真不可思议。

和苗子郁风的交往已经四十多年了。

我只想说说这些渺小的事情。几十年巨大的历史颠簸筛选中，小如蝼蚁的"臭老九"们的"相濡以沫"的感情活动。

大约一九四六年、一九四七年吧，那时我不过是个本分、老实的二十出头的孩子。上海的生活似大浪淘沙，我不过是广垠的不时被浪涛翻来覆去卷动着的那一大片细沙中的一粒。忽然收到一封飘逸俊秀的苗子郁风的毛笔信。信，充满真诚，第一次的友谊有如最初的蜜，浓郁而倾心（可惜"文化大革命"中散失了），大意是听朋友传说我在上海的生活，使他俩感动；看到我的木刻，令他们欣赏（这点意思，至今我还怀疑自尊心是否受到骚扰！我没有这么好吧）。他俩愿意买我几张自选的木刻作品，定个价钱给他们，他们从南京把画款寄来。

我从来不觉得自己聪明，做得比别人的好，我只是勤快而已。比如，那时候我知道跟我同年的赵聪（赵延年）的木刻功夫比我好得多。老一辈的画家就更不用说了。只是觉得刻得认真而快乐。生活与工作太累太苦，如果有一点报酬或经常收入，日子就会稍微松动些。

收到信，打心眼里向这两位久仰而未见过面的赏识者深表感谢，也为将要收到的这笔不小的进款构思了许多美丽的后事。

钱好久不见寄来，"大旱之望云霓兮！"于是火了。

火，也不能火得太厉害。信真诚得无可怀疑。翻看了几十遍，懂得连写信去催取也有失体统。

同住的西厓兄有意见了：

郁风、苗子

"这怎么可能呢？这两人声誉很好，人家是财政部当官的，连印钞票都由他管，在乎你这点钱，只怕是忙得忘了……"

"他忘了，可坑了我……"

"你得等，这是风度。"西厓兄说。

"风度！哈！"我气得往破床上一躺。

一个好主意，我去南京"收账"去。

到南京住在王琦兄家，他热心地一大清早带我去找苗子和郁风。

进了门，一条过道，右边拐过去下两级台阶的是客厅，挂了张大千、庞薰琹、叶浅予的画吧！大沙发上坐的一男一女，男的是金山，女的是张瑞芳。

四个人坐着傻等，也没有什么话说。客厅安静之极，仿佛听得见坐在对面的金山吃坏了什么东西，肚子在咕咕地叫。

郁风从过道左边楼上下来了，穿着蓝缎子的长睡衣。这大美人儿很神气。我说明来意，郁风说：

"……啊！我以为早寄给你了，对不住对不住！"

聊了一些大家都不认真的废话。时时冷场，又一齐喝那杯透心凉的茶……

钱拿到手，一大沓。该走了。郁风忽然发现了我：

"呀！你是黄永玉，哎呀！我想起来了，对！我们写了信给你，木刻收到了，精彩！哎呀！是的，我们应该给你画款！……英国文化委员会司高特，你和他夫妇很熟，还有贺德立，对！对！……"倒好像刚才付的钱是给煤铺老板的。换个地方我真想狂笑一场。

于是又重新开始，高潮掀起，汽车声响，苗子回家了。

苗子那么矮。对，袁世凯、拿破仑都矮，但他比后两位情感上投入得多，因为是匆忙的初见，加上他们跟金山夫妇有些什么要谈，大家就分手了。

一九四九年在香港，郁风、苗子都见了面，那时候个人的情感几乎让全国解放的大快乐淹没了。此后是见过几次面的：比如跟新波、黄茅、冰兄等人一起聚会。总是郁风、苗子请客，这是根据传统印象的"硬敲"，可能大伙儿都天真地以为他俩席卷来一个国民党的银行。我那时急需一百元港币，买一块磨木刻刀的好油石，每次见到他匆匆忙忙，总难以开口，最后，眼巴巴地望着油石跑了。他们夫妇俩去了北京。

我一九五三年才离开香港。

事物发展从一般到特殊，情感交往也是如此。回到北京，经过了这三十多年，我才真正地认识了苗子郁风夫妇，有他们两位朋友，我这一辈子的情感光彩至极。

我们在互相信任中互相欣赏，没有世俗的价值观。有

287

一本书，听到个好曲子，一个有趣的笑话，一个坏人的消息，一个好运气，一些好吃的东西，一些不平事，自己画了幅得意的画，自以为称心的诗，甚至是别人作的一副好对联……第一个想到的就是苗子、郁风，连忙地告诉他们；或是上他们那儿去，或是请他们到这儿来。

世人有没有意识到，弱者也有夸耀之处？那就是"相濡以沫"。朋友的思念，会心的三两句话，足以微笑地面对艰难困苦和死亡。

表叔沈从文那么温和的老人，"文化大革命"动荡高潮时在街上难得与我擦身而过，不到五秒钟跟我说了一句话："事情真的来了！要从容对付啊！唉！"

一九五三年春天，我、梅溪带着七个月的黑蛮到了北京。郁风那时候忙什么呢？是不是跟华君武诸公在筹备成立美协？苗子在国际贸易促进委员会当个什么什么……大概是这样。

那时北京的老街道还没有大动，连天安门广场都还未扩建。人民英雄纪念碑正在施工。东单牌楼面对长安街有一条名叫西观音寺的胡同。胡同口北边正是许麟庐开的和平画店。老许和他的画店很吸引人。老许当时是一位非常有趣的人，好客成性，加上他品画的见解坦率而老到，展出的作品大都经过精选，售价也体察人意，他的画店是个文化人喜欢的地方。往东再走百十来米，一个老旧的大门，门外以一根半斜着的电线大木柱为记，这就是鼎鼎大名含冤二十余载的"二流堂"的堂址、"总部"、"老巢"。苗子和郁风就住在这里。同住的还有盛家伦、吴祖光、新凤霞、戴浩诸位。

这是一座红砖砌成的、不成格局但适于居住的大宅院。冲着大门、坐北朝南的屋子属盛家伦；东侧面一排房子属吴祖光、新凤霞夫妇；吴家房子靠北尽头上台阶左拐，楼上住着戴浩；楼梯右侧往北里走住的就是苗子、郁风。

房子原来是讲究的。那些楼梯扶手用粗大的菲律宾木料做成，上过很好的漆。地板也讲究过。只是，都完蛋了，满是灰尘。

屋里各家却都收拾得清洁爽朗。我觉得苗子和郁风可能狡猾狡猾的，他们挑了全院最好的房子。宽大的客厅起码有六米高，墙根有壁炉，东边有独立的庭院，一棵二人合抱的大树和别的花木。郁风原是位设计大手笔，加上捡便宜买来的名贵明清家具陈设，又请人用褐色厚布做了一长排带拐角的大沙发，不免使得进屋的客人肃然起敬，仿佛不小心闯进了哪位有文化教养的帝王寝宫。

那时苗子的老妈妈还健在，慈祥，笑眯眯的，见谁都当作自己的孩子，却是满口的广东土话。她做的红烧蹄髈、蚝豉发菜焖猪肉令我至今难忘。

我那时已经二十九岁，快进三十的人了。常上黄家来的目的是看画，看拓片，借书。当然也谈天说地。我的谈话引起大伙儿狂欢，苗子的谈话却使我静穆。

我一生遇见的好人那么多，却总是难忘三个人。一个是福建仙游县的陈啸高先生，一位是香港的叶灵凤先生，一位就是苗子老兄。这三个人在不同的时空里都让人咒骂为不借书给人的"孤寒种"。相反，我却在这三人的书斋、书库里为所欲为，看尽他们的藏书、藏画，得益太多。他们对我慷慨而我对他们放肆，"邑有穷读愧买书"啊！我这辈子不可能有他们这种肚量和境界了。我很小气，想起抄家的好画册还没有退还，老是大方不起来。这些狠心人哪知道我们得一本好书不易。

有一个闹不清的也不想就正于苗子的问题。他是当了"右派"之后才搬的芳嘉园呢，还是"右派"之前搬的芳嘉园？总之是搬了。那是大名士王世襄老兄的家。苗子住东屋，光宇先生住西屋，世襄住北屋。如何地搬去？如何地接头谈判？因为三个人的脾气、思维方式都不同，记得起细节的话，写下来定是篇有趣文章。

芳嘉园也是原先讲究而后来倦慵了的院子，那一架难忘的紫藤花至今安在？

长安街拓宽之后，西观音寺没有了，和平画店没有了。恰好，盛家伦住过而动感情的那座房子及苗子的房子还在，红的砖，很容易认出来。

我前后的两个住处离芳嘉园都很近。原来住大雅宝胡同，后来住罐儿胡同，都是几步路的光景，所以大家常去常来。

芳嘉园时代是很远的，它度过了"反右"运动，苗子东北劳改几年，"文化大革命"十年，苗子郁风坐牢几年，然后两夫妇出狱。住团结湖北里是近年的事了。

苗子劳改去了，郁风捏着苗子从东北寄来的第一张明信片乐呵呵地朗诵：

"'……穿过森林，翻过了岭，啊！好一片北国风光！'你看，你看，他还有这个雅兴！还'北国风光……'"接着就像往常一样地大笑起来，并且把明信片交给我，要我也照样朗诵一次，接着也是笑个不止。

我家乡有句谚语："叫花子困'凌沟板'（冰块）唱雪花飘飘——苦中作乐。"这两口子实际上已经身临绝境。一个充满诗意在东北劳动；一个苦守寒窑得来信却大为欣赏而大乐。真是少有。

每次上芳嘉园看郁风和孩子，我都不敢提一声"东北很苦"。其实也用不着说，郁风知道。她生来就是个"开朗种子"，我了解，要哭，她会一个人躲起来大哭一场。现在她是家中的主帅，一哭一乱，阵脚就稳不住。而大哭一场的地方当时确实不好找，哪儿都是人来人往。

我那时也曾哭过一次，忍不住地热泪滂沱，头埋在被子里。那是读到巴尔蒙特的诗句：

　　为了太阳，

　　我才来到世界！

哭得像小孩子。哭完就算，好人一个！

多少年后苗子回来了。我大雅宝的屋子黑，他走进来我真以为闯进一个讨饭的。认准是他，喜从天降，抱了抱他，我就近坐在凳子上，好一阵说不出话……

天啦！谢谢您了！"绝塞生还吴季子"！（不久，我准备木刻《水浒》人物的计划。苗子给我出了很多主意。把他的一盒读书卡片借给我，抄在我的卡片上。原本从一九六〇年开始刻二百幅木刻，两年完成的计划，可惜一幅也没有做出来。连两千多张卡片也丢了。那时四十岁，力气正足，刻二百幅三十二开大小的木刻算不得一回事。要是那时候让我刻出来多好。）

那年月，老是不安定，老是离别，老是身不由己地分心。

一个运动接一个运动，于是到了"文化大革命"。

有时我装病说上医院挂号，有时干脆开了半月假条待在家里，有时我想念苗子、郁风，就上芳嘉园。他们是剩下不多的、用不着事先设防、不出卖、讲点真心话的朋友。

见面不会雀跃，但总是打心里欢喜。有时无话，有时和往常一样谈个不休；有时呢，他听到一个与我有关的坏消息，我坐不住了，心跳不止，得赶快回家。回家又能怎样呢？还是回去好。一路上像淋了一身水那样地不自在。遇到这种情况总要好几天才缓得过来。

记得一次是给他弄到把大紫砂茶壶，并且还得以用葡萄藤弯了根大提梁；一次是兴冲冲地买了一条几斤重的活鱼……

进了院子，一位好心的老太太向我摇摇手，轻声告诉我："他们两人被抓走了！"

"孩子呢？"

"在张妈妈那里！"张妈妈就是光宇夫人。

"奇怪！"我想，"两人好成那个样子，连坐牢都要结伴。"

又是个七年。

我听说苗子回来，去找他，他高卧在床。

"大梦谁先觉，平生我自知。草堂春睡足，窗外日迟迟。"噫嘻！

自从那天到现在，从没听苗子说过那七年是如何过来的。

郁风呢，倒是很有两下。初到的犯人按规矩是要吃一点老犯人的下马威的。郁风不明事理，她不买账，居然选了个"制高点"给了那家伙几下狠的。郁风，真有你的，你哪儿练的？没想到还有这两手！

从此天下太平。

这都是事后知道的。

"文化大革命"那时我也不自在。每天从火车站边罐儿胡同步行到学校大约三里地。我贪婪地享受大清早这一自由的散步。已经是秋天了，天这么蓝，长安街人行道上高大的白杨树下满是落叶，金黄、焦脆，一步步发着寥落的响声。经过"二流堂"旧址时总要放慢脚步，轻轻地打心里问一声：

"季子平安否？"比起他们，我可是平安多了。

来到学院门口，从提包里取出马粪纸做的"牛鬼蛇神"牌子挂在脖子上，低着头，走进"牛棚"……

好久好久，两口子被放出来了。很快地又和常人一般。

两个七年加起来就是十四年，你们惹了谁啦？只不过是重庆时热情接待过、照顾过一个女人。陪她聊天、陪她玩、陪她医牙……

哎呀！我们躲她都来不及，你们还有胆子惹她？你看，她几十年后想起你们来了。她当时跟你们聊的什么话不可能完全记得住，只是认准了你们记得住，于是她说了这么一句："苗子、郁风这两个人很坏！"

因为做过一次殷勤的主人，你们就失掉了宝贵的十四年。

生活重新开始，苗子郁风兄嫂啊！我相信好心人是改不了好心的毛病的。嘿！不改也罢！人就是人嘛！

这女人当然不单是折磨了你们两个人，浪费了你们的青春。她伟大得多，她骚扰和浪费了整整半个世界。中国，东南亚……

人总爱健忘。人不应该健忘。魔鬼们总是时常钻我们健忘的空子。

仔细想想这几十年，我们最年轻力壮的时代。宋朝王观有半阕《红芍药》词写得好：

人生百岁，七十稀少。更除十年孩童小。又十年昏老。都来五十载，一半被睡魔分了。那二十五载之中，宁无些个烦恼。

……

295

（下半阕观点不对，解决的办法是吃、喝、玩、乐，没有出息。）

就王观词中算的细账，人的的确确只有宝贵的二十五年。二十五年间，反胡风，"反右"，"大跃进"，"文化大革命"，"批林批孔"，"反击右倾翻案风"，下放……花了我们多少时间？那所剩无几了！

所以你们两位的画展就具有重要的时代意义。是挣扎出来的作品，是苦难的印记。

"安居乐业"四字可以冲口而出，但得来不易。你们今天能高高兴兴开画展，而我为你们的画展大着嗓门骂街；那婆娘如还在朝，我们敢吗？

让观众慢慢地去欣赏你们的作品；再从我这里认识你们的人品。即使我说得肤浅。

祝贺你们的画展成功！

一九八七年十二月十八日于北京南沙沟

云深不知处

麟庐兄要开个画展了，我在意大利，不一定赶得回来，倒是想尽力赶回来参加他的这个盛会。

这个展览会对他自己，他家人，他朋友，甚至对文化历史都有重要意义。

展览会里可以欣赏到他作品的功力、学养和历练过程。相信观众在这些作品面前会瞪大眼睛，惊讶赞叹这水墨淋漓飘逸潇洒的笔意。唉！麟庐兄和我相识近五十年，那时候大家都颇为翩翩年少，毕竟今天他已经八十五岁了。

八十多岁不是开玩笑的年龄！

八十五年以来，他一直生活在北京城圈圈里，虽然也走南闯北，实际也不过是走一走又兜回北京城来，这个人不是那种只爱远游而不顾家的人。人是山东产，却在北京城度过了一生。

他是一本文化大书，他的经历、交往、见闻、修养、道德观、吃喝根、妻儿缘……十足丰富灿烂。

他一生知足，自得其乐。不炫耀，不满溢，大方，厚道，懂分寸，严操守。作画无价值观，有情感观；纵情作画，信手送人，张三李四，苹果啤酒，都是好人，都是情义，于是摊纸磨墨，画将来。既不懂市场经济，也不讲购求关系；画价升降毫不在意，论资排辈视若等闲，来者不拒，见者有份，噼里啪啦，卷了就走！……我曾表示过看法：

"老许呀，老许！朋辈尊长的画作你珍惜尊重，自己的画作倒是闲抛闲掷，真让人难以理解。"

他说："十二亿人口，几张画铺不了那么宽！人一辈子开心就行！"

我说："你不严……"

"那么严干吗？"他说。

中国有许多人自称齐白石学生。依我看，去过齐家几趟，照了三两张相的人有的是，都是学生，怕未必！齐老头死了，要声明没那回事也难了。

李苦禅、许麟庐很少把学生不学生的挂在口头，倒真正师从侍奉过齐白石。拜齐老头为师，精研师道，做出师承的成绩。

从师茧中出脱，悟时自度，才见出从师的功架。

齐老头过世多年，研究他老人家的书籍出了一本又一本。齐老头又不是写书的，理论都在脑子里和言语间，这些珍贵的珠玑只有身边的徒弟们才能会心。苦禅这位好老头太早仙逝，剩下个许麟庐，我真觉得可惜没有或很少有人去向他讨教、认识齐白石。随口道出的机密，比堂而皇之的"叫板"珍贵得多。许麟庐是座齐白石矿，我懂得他。

麟庐兄曾有人戏称他是"东城齐白石"，我并不觉得粗俗。他顺手能画出齐老头各类型的作品，郁沉、朴实、厚重方面的，轻快、活泼方面的，林林总总，无一不像，简直像到了家。如果老许真要弄出几幅"齐白石"作品来，不客气地说，那眼下假造齐白石的人和那些作品，只能算是老许的龟曾孙子。哪儿是哪儿呀！

老许高起兴来也动手画几幅齐式虾蟹，那点水，那点透亮，他可算是敏悟绝顶的人了。唔！对，下次见面，找一张好宣纸，请他来一幅齐式鲜活虾子和螃蟹才是！

记得一九五三年我拜望白石老人时，是可染先生带去的，为的是给老人画速写，有老许在座。老人住在一位女弟子家。画完了给老人看。老人说："蛮像咧！"后来还照照片，我坐在老人身边，可染先生按的快门；可染先生坐在老人身边，我按的快门。

木刻刻好了，预约时间送去给齐老头，到东单西观音寺胡同和平画店去约老许。老许头戴巴黎帽，身穿讲究的好料子长褂，很是潇洒漂亮。他本来有事，后来说："算了，不管了！"又提议邀李苦禅，问过，不在家。郑可先生老远地从白塔寺赶来会合。可染先生带上队伍西单下车，进入白石铁屋。后来又来了裱画的刘金涛。白石老人喜欢我刻的像，要请我吃饭，于是带了大帮子人马上金鱼胡同口森隆饭庄三楼。

第三次是我在西单菜市场买了两长串大闸蟹去的。可染先生事先关照我齐老头喜欢吃螃蟹，麟庐兄也在座，还有谁？满满一桌人，记不起了。

后来的一两次和谁去的也忘了。老人家前后还画了两幅画，一幅带蜜蜂的紫藤，一幅荷花。画荷花的时候老人家边画边想必"入定"，在荷叶秆点点子一直点到荷花瓣上，护士老伍抓住齐老的手往回捯说："往这里点！"

因为去得少，去得珍贵，所以样样小事都记得住。

麟庐兄多年随侍齐老之侧，可惜老兄没有记日记的习惯，否则俨然一本《罗丹论艺术》式的《齐白石论艺术》，将成为艺术宝典。

他是一位实实在在的齐白石艺术的通人。这情况别人难以认识；恐怕连老许自己也不自觉。

上世纪五十年代初，麟庐兄在东单西观音寺胡同口开了一间和平画店。原来一九四五年抗战胜利后，他的尊人留下三架小小面粉机给他，就在胡同口路东东单菜市场对面，三间门面开起面粉加工作坊来，即是把麦子放进机器然后吐出面粉的那种简单玩意。祖业不可抛，经营起来却索然无味，于是每天跟当时也颇为年轻的李苦禅在二楼上画画喝酒。一声"大热天有阵雨"，就拼命下楼往东单广场跑，抢收晒在那儿的麦子。

年轻天真，不懂事，加上个艺术家的命。这命，嘿！

后来面粉铺子还开不开我没打听，倒是就近的那间和平画店非常有名。所有的文化人都往那里串，还有当官的和一些世界著名的"和平人士"。

我中央美院的收入有限，加上一点点稿费，居然也常到那儿看看。高丽纸画的那张徐悲鸿的《漓江烟雨》就挂在进门的东口，西边靠桌子一架楠木镜框里齐白石的两个德州大西瓜盛在破篮子里的四尺大画，和一张同样尺寸未装框的李苦禅三只灰鹤的画同时震慑了我，我举棋不定。不必考虑大师和门徒，我面对的是重要的艺术。口袋只有一张画的钱，买了齐白石，下次不见了李苦禅如何是好？于是把钱放到老许手中说："我要李苦禅！"

老许感动了，他望着我说："永玉，真有你的！这样吧！你买齐老这张，三只鹤我让苦禅送你！"

交易真这样做成了。事隔五十年，老许这点山东豪劲，真令我难忘。

从和平画店我买过十几张齐白石，一张黄宾虹的《荆江所见》，三四幅溥儒。"文革"抄家退还给我的，只是最初那张李苦禅和齐白石。五十年来，李、齐两幅画陪我到如今，说异数也真异数！

资本主义改造运动之后，和平画店由公家当了老板，搬到王府井。麟庐仍笑眯眯地在那儿工作。他划了个什么成分呢？面粉厂老板？和平画店老板？是小业主还是资本家？吃了苦头没有？心痛不心痛？不好问。他原本就是喝酒的，看不出他平常喝酒和借酒浇愁的明显分别。

王府井的和平画店也搬过三次家，一下没有台阶的路西，一下有台阶的路东，一下又回到没有台阶的路西，再后来和平画店不见了。有一年的有一天，我发现麟庐兄在琉璃厂荣宝斋站柜台。他仍然那么笑眯眯，这着实使我深沉地难过起来。是不是有人在哪个节骨眼上误会了，忘记老许是个杰出的画家。

我在北京四十多年搬了四次家。开始在大雅宝胡同，后来搬到美院本部后头的宿舍，再搬到新火车站的罐儿胡同，度过了艰难的"文化大革命"。"四人帮"垮台之后搬到三里河宿舍。

没想到第三次搬家的时候会这么贴近芝麻胡同老许的家。原来罐儿胡同往前走七八步就到苏州胡同，左拐三四步右转弯就到芝麻胡同许家门口，近到说给人听都不信。

"文革"前那几年我们两家的来往真叫开心。

老许家是个单独的院落，栽着许多花木。儿女从一数到九。我算术打小时就不好，我记得老大和两个女儿嫦和娥，怎么一下子就数到小七，然后小八，再是小九。剩下三个怎么数也数不过来，可能我见过二、三、四，也可能各家有各家的计算方法。

这个家一直到今天，到我的见识和情感的极限处，我没见过第二个这么温暖甜蜜的家庭。真是那首出名的英文老歌 *Home Sweet Home* 里头所唱的，"那么完美、那么动人"。老话所云父母慈祥，子女孝顺，未免太概念，许家生动多了，丰富多了。

儿子女儿各有各的工作单位，上班下班。家里剩下龄文大嫂和老许两个人。晚上，除老大外头有家室住处外，其余都住在这个院子里。小七已成家，还有个恬静文雅的小女儿。满院子的大金鱼缸养着的名种金鱼都由他管。到秋天还喂蛐蛐，几笼画眉和别的什么名鸟由他照料，话虽少而喜欢打架，"文革"前门外的那场"名架"是他照应主持的……所以我们叔侄之间有空时就互投所好，畅论这种天下。小八温和，弄点音响之类，似乎是在继承爸爸的艺术事业，静静的，且有点腼腆。小九这小子是个快乐种子，大声礼貌地笑着，插上一两句得体的有趣的嘴，伯伯叔叔都愿意亲近这家伙，只是不知道他长大会干什么。他和我儿子差不多大小，我儿子在街道工厂，我忘记他当时什么营生，孩子们的未来谁料得到？

嫦和娥用广东话说是一对"孖女"，我踏进许家大门之后从来分不清她俩哪位是姐哪位是妹。我故意装成从来不糊涂，分别她们两位易如反掌的神气。说老实话，对她们两位的容貌，三十年来，请多多原谅，至今我还闹不清楚。

嫦和娥都在上班，却是妈妈的得力帮手。如何帮，如何助，难以调查；反过来看，龄文大嫂少了她们，势如潮涌的工、农、兵、学、商、党、政、艺各界大驾光临，老太太怎么招架得住？老许又是个万事不在乎的员外脾气。

说起老大和我之间，还有一本"血泪账"。

"文革"热火朝天之际，我们学院厨房大师傅小万，又名"万众"，组织了一个"工人革命委员会"，简称为"工革会"，自我规模宏大得很。有一天找了我去，知道我是教木刻的，要我为他刻一个"工革会"的印章，明早就要。我哪里会刻章子，便偷偷把老大拉到我屋里来，他是个金石家，应该不会有困难。没想到他心里忐忑，一边刻一边流汗（当时是大冷天），忽地一刀戳进左手食指，满手鲜血，赶忙涂上红药水和碘酒，捂着手落荒而逃……

第二天，那个小万又名万众的在大操场对我轻轻说："昨天叫你做的事，不要做了。"我的心腾地一下子掉进大肠里。

最近见到老大，我想起这件事。想起这件事又能怎么样呢？血没白流的只能是我衰年心痛的感谢。

这一家的孩子，是老许所有朋友们、孩子们的伯伯叔叔的勤务员。办事跑腿，无一不能，像间随叫随到、效率极高的社会主义服务公司。几十年前，朋友们只片面地感觉到许家的家教好，孩子们不单快乐而且勤劳，有同情的美德。那时的文化界的老朋友们夫妻分散、孤苦伶仃的占多数。哀哀欲绝之际，得到许家孩子们细致善良的关心，倒是真心实意地感到"一股暖流通向全身"。孩子不止是听话才这么干的，满身阳光地来，干完又满身阳光地走……要知道，那时许家本身处境也十分困难啊！

二三十年弹指间，许家的孩子个个都长大成人了，当年的助人为乐的家庭教育取得了道德上的好报应，一个个成为心胸开阔的各有成就的人。真没辜负两位老夫妇的苦心。

当年的那个家像座善心的寺庙，时常有些飘零落魄的和尚来"挂单"，避个风雨，求点慰藉。爱住多久就住多久，前脚刚走转身又回来的照样殷勤欢迎。

我二十多年前在日本遇到文艺前辈井上靖先生，他慎重地问起我在日本声望很高的大书法、大金石、大画家钱瘦铁先生的情况，我尽所知地讲给他听了，钱先生和我有过许多来往，受益匪浅。时时想念他，想起他心里就很沉重。钱先生和郭沫若当年在日本有很深的交情。这个老头儿脾气不好，性子急，"反右"本来没有他的事，却在会上为好友林风眠、刘海粟打抱不平。"真是好大狗胆"！结果自己也戴上"右派"帽子。找老朋友郭沫若。郭沫若是随便找得的吗？只好到芝麻胡同找老许，一住就是半年。天晓得那风雨飘摇的半年是怎么过来的。

明末，寥落的陈老莲在大少爷张岱的园林里住过好长一段时间，赵之谦在山东潍坊大少爷郭味蕖的家也住过好长一段时间（当然这是郭味蕖的祖宗做的东），看起来画家在朋友家作书画画这类事情是自古就有的。

麟庐兄北京的家园在老朋友心目中应是个可以寄托情感的地方。独门独院，情感浓稠，真耐人回味。

想说一说"文革"以后的一桩公案。

好多人说来说去都不准确。

"猫头鹰事件"是一些人硬造出来的。

"文革"期间，我们下了三年乡又回到北京城了，在周恩来总理指示下，我和一些人被调到北京饭店去参加十八层新楼的美术工作。我没有画画的任务，只作了一些计划性的书面构想，比如哪一层会议室画些什么，摆什么，什么格式，请谁搞谁画最合适之类设想。也不一定按时上班。做具体工作的都是海内高手，我分内的工作也不怎么操心。

既然常在家，也就穿着拖鞋懒洋洋地到许家去闲坐。有天，老许拿出一本空册页要我在上头画幅画，说是南京宋文治要。想来想去也不知画什么好，老许就说画个猫头鹰算了，我当时虽不认识宋老兄，但画是可以画的。

为北京饭店的设计工作搜集画画素材，我们一行四个人——袁运甫、吴冠中、祝大年和我到南方名山大川走了一圈，年底来到成都，就听说北京美术界出了大事，搞出来一批黑画，其中有一张为北京饭店画的猫头鹰很恶毒，攻击社会主义！我根本不知大祸临头，还轻松地说："嘿！画个猫头鹰算什么呢？我也常画的嘛！"没想到那说的就是我。

回到北京，麻烦了，为我开了一两个月的会，要我老实承认为北京饭店画的猫头鹰是攻击社会主义！

我根本没有给北京饭店画过猫头鹰，那么高那么大的十八层楼，册页大小的猫头鹰挂在哪里呀？

洋洋大观的黑画展在中国美术馆开幕了，我那幅猫头鹰原来排行第七，过几天，改排到第一了，上头给宋文治题的那些字用一张小纸条盖起来。这真是又好笑、又好气、又卑鄙、又可怕的诬陷行为。既然如此，我也就横了心。来就来吧！只是我真怜悯那些兴高采烈批判我的人。那股"阵势"，那种蒙昧劲，不免令我为那个时代深深惋惜。他们也都算是读书人啊！

晚上，我赶到许家告诉老许夫妇和孩子们："那张猫头鹰，不要说在你们家里画的，是你老许叫小九把册页拿到我家里，我自己出主意画的。"

老许家大，人口多，孩子小，没必要为我这张画被扯进冤屈。

果然不出几天学校就派了一位姓毕的老太太，找老许作了外调，幸好老许按我的嘱咐照说一遍，风就这么从许家房顶掠过去了。

毛主席对批"黑画"的活动讲了话：

"国画，大泼墨嘛！怎么能不黑呢？"

对我那张画，也说了猫头鹰就是一眼开一眼闭的习性之类的道理，原本热热闹闹的一场运动，就这样冷下来。结果，意图讨好江青的告密者不免失望，丢掉了立功的机会。

说时迟，那时快，一下子三十年过去了。我们都老了。老了，今天能有福气公开说出这些话，也真不易。

地震的时候，日日夜夜，我们两家来回奔跑照顾，至今回忆，美得像一首诗。

写到这里不免联想到一个大题目，"命"这个东西。如果老许年轻时他的尊人没有给他留下那三部把麦子磨成面粉的机器，不开那和平画店，光是与可爱可敬的李苦禅一起画画，侍奉齐白石老先生，他就不会混溷在资本主义改造浪潮里，去荣宝斋站柜台了。直到"四人帮"垮台前，足足被折腾了二十多年。这二十年艺术黄金年龄，消融了艺术活动的社会根基。那时候，做过生意，开过店，拿上等去污粉也难以洗刷干净。

旧社会当县官的人，远的如郑板桥，近的有王铸九，都比麟庐兄日子过得踏实。你说怪也不怪？

三部机器的面粉加工铺子，为了文化艺术开心的和平画店，耽误了一生的才情，你说奇也不奇。

幸好有了改革开放，国家的兴旺助长儿女们的发展，麟庐兄真正地舒展开来。大家簇拥他开个个人画展。

"好！开就开！"

原本应在五十年前，四十年前，三十年前，二十年前，十年前就开的画展今天毕竟展现在大家面前。

这时候开，看到展场作品的年轻观众，说不定会以为他是刚出壳的年轻画家咧！

有唐诗为证："松下问童子，言师采药去。只在此山中，云深不知处。"许麟庐山中采药回来了。什么年轻画家？都八十五了！！！

二〇〇二年十二月十四日于万荷堂

屈辱中的潇洒

——缅怀作人先生

作人先生我是一九四七年认识的。严格地说，我认识他，他不一定记得我。

我那时才二十出头，在上海虹口庞薰琹先生家的一个例行餐会上。为什么叫"例行"餐会呢？用现在的行话说，"上海美术作家协会"是党领导的一个进步的美术杂合集体。其中包括漫画、木刻、油画、国画、水彩画、雕塑、舞台电影美术设计、书法、金石……凡是心里或口头上倾向进步，反对国民党的这方面的艺术家，都一个拉一个地一定时间到庞薰琹先生家去吃那么一次自助餐。"上海美术作家协会"这个牌子里头为什么有"作家"这两个字呢？我至今还弄不明白；在印象中，没有一个我知道的作家参加这个聚会。

聚会就是讲白话，吃自助餐，也没听到什么引人关注的政治内容。有一点我是明确的，里头没有一个国民党张道藩系统的艺术家在内。其中也有微妙的地方，刘海粟先生当然跟"上海美术作家协会"毫无关系，而他老先生的学生到会的倒是比重不少，比如朱金楼，甚至刘先生的侄儿刘狮……上海滩是什么地方？哪能少得了刘海粟先生的门生？何况，在延安的黄镇、蔡若虹不都是海粟先生的学生吗？所以刘海粟先生之不参加或不要他参加，是有另外一些我这个年轻人不懂的原因。

我之第一次参加盛会，是李桦先生还是章西厓老兄带去的。里头坐的、站的起码有五六十个人。漫画界的米谷、丁聪、张正宇、张文元、沈同衡……（我忘记了当时上海有没有漫画家协会）木刻界的陈烟桥、野夫，有时王琦兄也从南京赶来参加，还有麦杆、余白墅、阿杨、邵克萍……国画界陈秋草，水彩画家潘思同，雕塑家刘开渠、陆地，其他行当的画家还有钱辛稻、戴英浪……

说句寒心的话，当我第一次被介绍给饭局主人薰琹先生认识的时候，也是我认识他，他的脑子恐怕也只是按例地一晃而过的。交际场合，年轻人原本就是在这种方式中冶炼成长起来的。我在以前一篇文章提到过这个节场，我正坐在一个角落端着重重一盘佳肴大快朵颐的时候，有一位前辈先生扬声问询："听说刻木刻的黄永玉到上海来了！"是野夫还是陈烟桥先生指着我说："哪！不就是他！"文章中我还作了一些发挥，这里就从简了。

说这么多与作人先生认识无关的话，只是想介绍一下那个生动、天真无邪、可爱的历史片断。

就在这么一次餐会中，薰琹先生介绍刚从英国访问回来、路经上海的吴作人先生。

记得那个时候还不作兴鼓掌，只听得人们"呵！呵！呵！"了一阵，接着杯盘响动，并不等于不鼓掌就是喝倒彩。

作人先生样子是记得的，特别的印象倒没有。

直到六年后的一九五三年在中央美术学院做了他的部下。

院长徐悲鸿先生那时还在世。逝世后遗体安置在美院大礼堂，几个年轻老师李斛、戴泽、韦启美、梁玉龙和我都在晚上轮班为徐先生守灵。我心里很失落，素描上得到他一点点珍贵的教诲，连感谢一声都没有机会。

后来作人先生做了院长。

李斛、戴泽、梁玉龙、韦启美……都称作人先生作"吴先生"，我也跟着称"吴先生"。我自立一个主张：有的同事直呼真名；有的"老贵""小李"；一直客气下去的叫"同志"。

作人先生温和，亲切，留学比利时画的素描雄强威武，<u>丝丝入扣</u>；一幅风景，展延起伏的草地绿得出油。只是可惜

313

以后他画得那么少，发挥得很拘谨，只画牦牛、骆驼和熊猫，一身本事搁在哪里去了？前几年我才读到他的诗词，学养深厚，情感细腻，思维渊博，大才人一个！在文学上，竟然忍得住那么无边的寂寥。

五十多年来，吴作人给人的印象就是一副褪色的毛蓝布干部上衣和带喉音的低沉嗓门。他的学生刘勃舒在晚会上模仿得笑疼了我的肚子，现在想来还觉好笑。

上世纪五十年代，我和他接触不多。只有一两次晚上约了李斛几个人去他家画模特儿，"运动"中被人揭发的"裴多菲俱乐部"。后来也没见恶果。

好！"文化大革命"开始了，我们被关在一起。版画系一排房子两头一堵，凑成我们几年成为同窗缘分，并从而开始了我们忘年的、牢不可破的友谊。

在牛棚里他一点也不活跃。他曾经有次想活跃一下思想，跟王逊、李亦然给常任侠各写了张大字报，常任侠从容不迫地在各人的大字报底下贴了张巴掌大的"小字报"，于是，全哑了。他根本不善于给人提意见，他没有写大字报的才情和胆略，从此，我再不见他给谁谁提过意见。

他纯真，从学校到学校而成年，在艺术圈圈里生活半世纪有多，"几曾识干戈"？是个正正式式的学院派。我不同，我是吃百家饭长大的，我不在乎劳役和侮辱。外头一位相当权威的长辈不晓得怎么知道我在牛棚的世界观现状，便要我的家属转告我："不要不在乎，要表现出有压力、有包袱才行……"这怎么行呢，我已经谎称我有传染性肝炎而被单独一室了。一谎既出，驷马难追了怎么办？若一坦白，肯定从严，何况这种优雅的享受已过了一载有多。煤炉一座，煤球充分供应。床底小砂锅既可炖红枣，又可熬"清补凉"！托管的美协干部钟灵建议是否可以尝试炖点牛肉和猪脚。我认为这说法不可取，因为香味四溢，无疑自取灭亡。他忘了红枣和"清补凉"都是药剂啊！

这当口作人先生冒着传染肝炎的危险找我来了。

"永玉，最近天天晚上，他们拉我到附中地下室打我。要我全身平趴在水泥地上，用棍子打。我怕我会死，要是我死了，你要给我证明有这件事，以后告诉我的家属……"

"为什么打你？你跟谁闹过意见？"

他摊开两只手，耸耸肩匆匆走了。

他怎么这么相信我？连"不要告诉别人"的招呼都不打。

我除了清早大伙去全院各处扫地之外，还跟干洋铁活的工人刘仲池学习修补全院无穷无尽的破脸盆的手艺，这种机遇不是凡间人能遇得上的，何况刘仲池把我当人看。利用这

315

种间隙，还改良笨重的竹扫帚适于老人使用，并呕心精制无数枚挖耳匙赠送同窗友好人士。

"四人帮"服法后，我们一次在餐会上，作人先生从皮夹子里取出一枚油亮蜡黄的挖耳勺问我认不认得它，我回答不出。

"你在牛棚做给我的。"

牛棚生活结束之后有一段时候，中央美术学院全体人马被送到河北磁县军队农场劳动，其后又转到获鹿县的前东毗村，头尾三年。其间，林彪完蛋，部队很紧张了一阵。

有一天，连队领导派吴作人先生、王同志、宗其香、小姚和我五个人到军部去搞美术特殊布置。到了石家庄报到，原来是在一个非常大的广场尽头的空营房里画宣传画，写墙头标语，画主席像。规定某日开工，某日某刻准时离开工作场所。军队是这样的，说一是一，不适应商量商量的余地。

大约是十天左右吧！工作忙，紧张得像打仗。这期间，王同志每天训一个人。第一天是小姚。小姚是年轻人嘛！大约工作哪个地方出了闪失，自己默默接受了。第二天训宗其香兄，唉？怪了！一天轮一个。看看第三天，果然训了吴作人先生！年龄差不多嘛！都是长者嘛！大家在这里都是接受改造锻炼嘛！应该互相尊重嘛！何况部队领导没有交代必须完成接受王同志批评的任务。事后也没见作人先生有什么情绪波动。三个人挨王同志的批怎么我一点也不知道？小姚晚上在大操场刷大标语时悄悄告诉我前因后果，并幸灾乐祸地说："哈！明天到你了！"

第二天果然不到九点的时候，王同志当着他们三位面前叫我了：

"黄永玉你过来一下！"

"你看看你，你自己看看，你是什么精神状态？"

我真不敢相信王同志是这样"叫板"的。我回答说：

"你说说看，我是什么精神状态？你怎么这么来劲？一天批一个人，你这个批人计划是什么精神状态？他们三位思想觉悟高，有涵养，虚心接受你的批评。我觉悟低，老实告诉你，我不买你的账，你来吧！别的我不行，说几句让你开心的话还是办得到的……"

王同志敛容收兵回朝，我也敛容收兵回朝。

接着是星期天，作人先生邀我进城喝啤酒，叫了小菜，叫了啤酒。我不会喝酒，光吃菜，他和我谈巴黎、比利时。菜几乎让我吃光了，两三个钟头，他简直是拿往事下酒。这是他对我最漫长的温暖的谈话。他对人无恨根，却怀着宽厚的、幽默的原宥。时空错过，我没福赶上他的时代成为挚友，却深深欣赏他一生的潇洒，即使在痛苦和屈辱之中。

在巴黎，有人向他借了笔钱（这人我也认识），一直没还给他，好长日子街上遇见了说："那笔钱我早还给你了啊，对吗？"

作人先生说："喔！好像是吧！"

说一件事。

上世纪五十年代，作人先生和萧淑芳夫人及戴泽、陆鸿年……诸兄上麦积山考察，回来时住宿在一座隔着板墙的大通炕铺上，臭虫太多，咬得人睡不着。淑芳夫人连连推着熟睡的作人先生：

"作人！作人！这么多臭虫，你叫我怎么睡？作人！作人！你醒醒！"

这一叫，闹醒睡在隔壁的戴泽兄和陆鸿年兄。戴泽兄昏昏不耐地说：

"别捉人啰！还是赶紧捉臭虫吧！"

再说一件事。

我们大伙关在牛棚的时候，监管我们"牛鬼蛇神"的一位首钢工人石师傅找作人先生谈话，语重心长地劝他：

"你要重新做人！不要无作人！"

几十年过去了，今天，谁能解答那位石师傅劝善的含义？

嵇康临刑前叹曰："《广陵散》从此绝无！"

他不懂，你这个人都不要了，《广陵散》算个什么东西！到底是个不识大体的书呆子！

二○○八年五月三十一日
于凤凰玉氏山房

我的世纪大姐

郁风死了。

听来噩耗，我一点没有动容。她已经病了很久，死前不久，我还接她和苗子兄到凤凰住了一星期，下决心不顶撞她，细心体贴她，要什么给什么。她说："画一张丈二给我。"好！丈二就丈二。画完了，她说："回北京，我要在这张画上补画一些东西。"我马上说："好！你爱怎么干就怎么干。"她说："过春节我还到这里来！"我心里难受，唯愿此事成真……

她刚开完刀，脖子上带着肿伤，两位医生夫妇陪着她，没料从凤凰一回北京，她就进了医院，就完了。

一个人死了，越是英雄越不应该为其啼哭。所以我羡慕南美洲人用鼓掌代替流泪的悲悼，赞美她一生壮烈行迹，眼泪词不达意！（女儿说，拉丁民族大多如此，比如意大利……）

对于死，人说或重于泰山，或轻如鸿毛。郁风之死，一个漂亮人生的分量而已。又不是猪，死了还上秤台，论斤两！

她的一生，有自己的灿烂。静静地、宽坦地、容忍地、快乐地对历史作出了一点只有熟朋友才清楚的贡献。这似乎有点举重若轻的意思，且容易在玩笑吵闹的当口和她一齐都忘记了这层身份。

记得有一年，（对！一九九二年）我们大家一起在巴黎，我给她画了一张钢笔速写（可能那天是她的生日），简直是龙飞凤舞，放笔直干。大家看了说像，她不作声。有人对她说："把你画成这样，也不生气？"她说："跟黄永玉交朋友，没点气量还成？"说实在话，她是喜欢这幅画的。她是老漫画家，几十年来什么画没见过？回香港，我又补题了一些话：

天公作弄，让我们苦了大半辈子，到老来，才来巴黎和威尼斯看黄昏。你的白发透过夕阳镶满金边，漂亮而叱咤一世的英雄到底也成为一个噜嗦的老太婆。你自己瞧瞧，你的一天说之不休、走之不已的精力，一秒钟一个主意的烦人的劲头，你一定会活得比我们之中哪一个都长。那就说好了，大家的故事就由你继续说给后人听了！现在，由我们高呼口号，敬祝我们心中最噜嗦、最噜嗦的、噜嗦的老太婆——

321

万寿无疆！万寿无疆！万寿无疆！

这位先贤从年轻时起思想和情感就不安分，行为举止跟凡人不同。在美专念书，成天穿一双旱冰鞋到各个画室瞎串（以上事实系沈从文表叔提供），看别人习作。你自己不好好用功，别人习作干你什么事？

那时女文化人少，有一个，出名一个；谢冰心、冰莹、凌叔华、苏雪林、方令孺、林徽因……都是男士们咭咭艳羡难以触及的天上月亮。她们各有殷实的家底，自小受到正统的教育和雅趣的熏陶，举止有度，行文雍容，上世纪之初，很开了一阵之先的风气。以后，当然还有几位后继者，只是由于激越的时代来临，谁也就顾不上谁了。

"左联"的兴起，风雷疾电，她们哪里见过？即使想帮忙也帮不上，想凑合也放不下脸面。眼看着她们这一代的自我式微。

潘玉良刚从法国回来教书，是因为样子长得丑学生胆小不敢选她的课呢，还是因为画的画太怪让学生理解不了？反正画室空无一人。（没想到学生选老师的课还需要胆子！）我们那时的郁风老太太已经长大了！她正义凛然地独闯虎穴，做了潘玉良的"独女"。

郁风生日于巴黎

我问她：

"潘玉良的画好吗？"

她说：

"怪，一般！"

我问：

"那为什么选她的画室？"

她说：

"反正没有人选我就选！"

对待人生的态度，郁风一辈子的立足点恐怕就在这里。一种选择，并不一定具有特殊意义的觉醒。那只是一种远远超过世俗同情的、抽象之极的"善"。生发于刹那，却终生受累受用。

我问：

"潘玉良真长得丑吗？"

"哈！哈！真是、真是、实在太难看了！……"

她一边笑，一边打咯。

我一辈子也常在伟大意义中打咯！

她参加了"决澜社"。一个朝气蓬勃的、现代意识的艺术小组织。成员有庞薰琹、倪贻德、阳太阳……庞薰琹刚从巴黎回来，是一位非常有理想、有创造意识、有实力的艺术家。

他多方面的文艺修养、仪表和谈吐极富吸引力。郁风加入了他们的群体之后一定天天充实之极、快乐之极，艺术上阔大了眼界，也受了不少启发。

不过我想，纯粹的艺术固然大有搞头，但对于郁风这位坐不住的大家闺秀肯定不能满足。不知什么机缘，她混上了张光宇、叶浅予为首的漫画界那一个凝聚生动的梁山水泊。

当时这一帮人都不算老，在《时代漫画》和《上海漫画》杂志为中心的圈子里，艺术表现上模仿着外国漫画，而以批评时弊为己任。成员天才横溢，大多是出身于底层社会之失学青年，张乐平、叶浅予画广告，张文元画民间油漆马桶澡盆。至如陆志庠念过苏州美专，郁风念过中大美术系，叶浅予念过短时期的光华大学，蔡若虹念过上海美专，那简直是正统中之正统、凤毛麟角之凤毛麟角了。

这一群横空出世风格各异的漫画家使出的招数，既非任伯年吴昌硕的门墙，当然更不是徐悲鸿和刘海粟的庙堂。倒是跟鲁迅先生创导、关心的木刻艺术的命运走到一起。抗日战争一开始，进步的文化界流行了一个艺术概念"漫、木"，指的就是漫画和木刻这两个紧贴着现实大义的艺术群体。

漫画界当年由于前后的两个杂志《时代漫画》和《上海漫画》的性质和内容以及形式的生动活泼，加上进步的倾向性日益鲜明成熟，结识了各类型的朋友自是必然。文学界、电影界、音乐界、出版界、新闻界、戏剧界……这些背景给我们的郁风大姐提供全生涯驰骋的广场。于是她又玩起话剧来。

她凭什么演《武则天》？一天的训练都没有。听老人说："……还气宇轩昂，似模似样。"这跟演电影不一样。电影可以演一段拍一段，对话可以现学现改；话剧只要一上台，台词一气到底，出现闪失，爹妈也救不了你。看！不单没砸锅，还连场爆满。既然这样，这辈子做个大演员算了！不！腻了！搞妇女运动去！

不知道哪辈子造的孽！居然结识也在上海搞妇女运动的江青。江青那时二十一岁，我们的郁大姐呢，十九。据回忆，两人的关系不错，某年某月分手的时候还依依不舍。"以前，她其实是挺好的……"就在几十年后坐牢出来，还聒不知险地夸那个"老同事"。命差点栽在她手上，简直白吃了几年"秦城"监狱的饭！

对一切都不放在心上，连仇恨都不在意，也真够荒谬的。

这倒有点渊明夫子读书不求正解的味道。她一辈子用的是"我对人好，人家当然也会对我好；我相信人，人家当然也会相信我"的处世哲学。不过说来也奇，就说在三十年代里不少上海进步青年上延安，却是她"开"的"条子"这件事。后来这些青年都成为顶呱呱的人物。她凭什么可以给人"开条子"？她"开"的"条子"，为什么党组织就会相信？她是党员吗？不是。据我所知，不单那时候不是党员，就连解放后几十年她在美术家协会多次申请入党都没有得到批准。而当年党的权威领导，就是她"开条子"的受益者之一。

生活那么多姿多彩，时随事异，各有各的难处，反正我们的郁大姐的脑子也进不了那么多油盐。

日本投降，八年抗战胜利，毛泽东和蒋介石的重庆国共谈判开始前的一个多月，江青就秘密到了重庆。四十多天来主要是由苗子郁风夫妇照拂陪同。表面上说是医牙，鬼晓得她来干什么。也可能真就是医牙，顺便满足一下阔别太久的"资产阶级生活方式"。

从搞妇女运动的三十年代中期到重庆一九四五年抗战胜利，两位"同事"将近十年多没见面了。一位是令世界震动的当今在野党第一夫人；另一位是足令国统区财政上下升腾的颇不区区的官太太。虽然门户各异，组织纪律规矩却早有默契，要不然上头怎么放心让重庆的这对当官夫妇来进行那么全面的照拂呢？

从习俗上说，世界无分南北，女性相处和男性的交往大有区别。男性玩意杂沓，大多粗糙；缺乏性灵交融。女性天生性灵派，少豪言壮语，吃喝各付各的账，不存客气或愧容。派对集会上洗手间总结伙成帮，不用吆喝。除自己亲骨肉外，仇视所有年轻于自己的同类，总要在彼方全身各处，从头到脚，看出点劣迹来；眼光犀利，用词准确，既毒又狠；朋友家做客归来，品评刚吃过的菜肴，像现场抓住丈夫从不存在的外遇，历数罪孽直到半夜。好友见面，先谈衣料，再谈发型，接着是丈夫之无良，自己如何之委屈。与某人骂战，一来一往，最后以自己两句精确炮弹结束战斗，将对方踩于脚下……

四十多天的接触，不少这类私房话的交流和舒怀是既可能而又必要的。当然还有满盈诗意的往日男友，切不断的余情袅袅……几十年来，我们的郁风大姐正陶醉于这种友谊的升华之间，"文化大革命"开始了。江青"同志"想起了上海时期的一些事情，又想起了重庆的一些事情，觉得不太对头了。有碍于自己的高大形象，也歪曲将要辉煌发展的历史形象，最可靠的办法是马上销毁三十年代上海时期的死材料和活材料，北京的活材料就是苗子、郁风夫妇。

你们俩岂不是自寻灾祸？四十多天朝夕相处，耳朵灌进的知心话，岂是随便听得的？你们会说坚决保密（这几十年我就没有听你们吐露过半句），这有屁用！你听了，就是有罪！她后悔起来，罪就罩上脑壳，那是来不及讲理由的。认了吧？

不认也七年半。

幸好郁风练就了一身功夫，同牢房的牢头老大要给她点颜色看没有得逞，胜利地、雄赳赳气昂昂地度过了不平常的七年半。但是，人生有几个七年半？

其实我觉得江青这人的确不单可恨也十足可怜。年轻时候的荒唐算什么鸟事？弄几个男人，嫁三两个丈夫，岂不正说明妇女的自由解放的标兵正是她？何况最后有这么一个辉煌的归宿。这毫不值得后怕，更无必要进行毁尸灭迹的掩盖。然而她怕，怕她自认为羞耻的那段历史。这点都想不到，别说赶玉堂春，连潘金莲的胆子都够不上！她的思想基础好封建，好下作！

解放后老朋友仍然常有来往，全国性的会上见面欢谈，邀约到家里吃个便饭，交情是温暖的。随后由于一连串的政治运动，隐隐约约感觉到江青影子的晃动，接着是影子变成真身，原来老友的关系也就疏离了。千百年"老朋友"的历史原就是这么写的。

苗子郁风兄嫂从来就浸润过、见识过这种历史知识，联系以后的遭遇，自然就不夸耀也不遗憾了。

江青可不这样。她的一生是怨毒的一生。她的所谓爱情生活实际是一种特殊的阶梯计划。细心的人们稍微梳理一下她全部的爱情和婚姻历程，便明白其中无一不带着明确的目的性和野心顺序。她像意大利母毒囊蛛对待公囊蛛一样，是配偶同时又是食物。一个三流演员向上爬的艰辛，费尽了心机，也憔悴了情感。她既要笑脸迎接男人，更从心底仇恨男人，一个个地失落，上海滩与她，彼此都丧失了信心。恨透了当年冷落她的党的领导"四条汉子"和导演以及同行，忘不了抢去她角色的王莹，看不起对她毫无贡献的丈夫，在锦江饭店董竹君先生办公室摔碗摔瓶大吵大闹，给了些盘缠，去也！

郁风大姐跟江青可不一样，她只玩着三样东西：快乐地跟着进步队伍走，有机会就演演戏，得空就画画画，跟漫画界的小伙子们玩在一起。她从未想过向上爬，爬到哪里去？有何好爬？她也没有人好恨，更谈不上有人恨她。她说话不打稿随便冲撞人，人家狠狠地给了她两句也不记仇。过的是一种胎儿思维生活，既不思前，也不顾后，优哉游哉，匆匆忙忙地活了九十二岁。

毛姆写的一个短篇小说：肺病疗养院里，一人住楼上，一人住楼下，楼下的拉小提琴，楼上的从窗口伸脖子出来喝倒彩，一上一下，天天吵，天天闹。楼上的人死了，楼下的人再也不拉琴了。人问为什么？楼下的人说，没人吵，没意思了。我很像楼下那个拉琴的人，自从郁风老姐逝世以来，

330

放下了好多曲子不再拉了。很是空虚寂寞，很是想她，总觉得这个世界应该对她好些。

人生在世，后悔是狗屁！你早干什么去了？

上世纪四十年代到今天，我们的交往六十多年了。总算接近忧乐同赏、冷暖与共的水平。有点好听的音乐，好看的画册，好吃的东西，可亲的朋友，都马上想到邀约他俩来一齐相聚。

他俩的脾气很不一样。苗子表面好好先生，实质是个人格严肃、情理分明的君子。郁风大姐越老越噜嗦，分不清何是正经何是玩笑；连笑话都听得张冠李戴，理不顺章法。忘性重，偏说记性好；正式回答时，她早已忘到九霄云外，会问你说这些话是什么意思，有时也会耍点令人啼笑皆非的小聪明。一次大伙儿到日本去看樱花，有日本朋友陪着，约莫十一二人。她那时脚力雄健，我带着孩子们和她走在前面，苗子和梅溪等日本朋友走在后面，大家上山又下山，下山又上山，一直在樱花底下漫步。下坡处她指着左手路边一棵正发芽的大树说：

"这株樱花树还没开花。"

我说不是樱花。

"咦！怎么不是樱花？你看那花苞！"她说。

我说，樱花树皮像桃树皮，是横着长的，一圈一圈。这可能是榆树。也不像是花苞，是嫩叶苞。

她回身迎着后面的人往上走，不一会儿又追上了我们。

请猜猜她对我们说了什么？

"对吧？对吧？他们都说不是樱花，你们还说是樱花？"

我傻了几秒钟，除了向她致敬之外没有再说一句话……

用这种方式对待我们一点危险也没有，只是纳闷她是如何闯过"文化大革命"中革命群众审查这一关的。

说这个人充满童心可一点都不假。连辩论都搞意识流……

她的一生全沉浸在花非花雾非雾、胎儿思维之中。

一次大家在威尼斯，住在讲究的旅馆里。在室外搭有帆布凉篷的、宽阔的码头餐厅早餐。座位高出海面不足一米，有轻微的拍岸声伴着"拱多拉"上的晨歌，郁风说想了一晚小时候黎锦晖编的儿童小歌剧《月明之夜》中的四句歌词"……爱唱歌的鸟，爱说话的人，都一起睡着了"，那头一句是什么？睁着眼睛到天亮，就是想不出来……

"对，对，对，我也唱过，等我来想想。"我顺着倒流时光搜寻散失的调子："唉！七十多年的声音，拉不回来了……"

拉不回来就拉不回来，想也没用。

郁风要上街买东西，我们继续吃早餐。

不到十分钟，郁风笑弯了腰走回来了：

"哈！哈！哈！半路上给我想到了，'爱奏乐的虫'，'爱奏乐的虫'，好了，好了！我还要上街买东西，我走了！我走了！"

这就是郁风，八十多岁的郁风，一肚子储存尽是这些天真东西的郁风，谁怎么忍心把她关在秦城监狱七年半呢？

人间的快乐不是跪着求来的。

剪掉了翅膀，那还算什么鸟？

快乐既不论贫富，也不论年纪老……

一切郁风的时代都过去了。即使最艰辛的岁月也没见她哭过，有一次大家偶然地谈到被打成右派的英雄戴浩，她忽然严肃起来："我一生最对不起的是孙玫，那时她那么小，才二十二岁，抱着两个月大的孩子……"她哭了。

她像地母为那个时代悲伤，而忘了自己满身伤痕。

二○○七年九月十三日于万荷堂

图书在版编目（CIP）数据

比我老的老头：全新修订版／黄永玉著. -- 北京：
作家出版社，2025.1 -- ISBN 978-7-5212-3215-8

Ⅰ. I267

中国国家版本馆CIP数据核字第20245PJ396号

比我老的老头

作　　　者：	黄永玉
责任编辑：	姬小琴
装帧设计：	瞿中华
责任印制：	金志宏
出版发行：	作家出版社有限公司

社　　　址：北京农展馆南里 10 号　　　邮　编：100125

电话传真：86-10-65067186（发行中心）

　　　　　　86-10-65004079（总编室）

E-mail: zuojia@zuojia.net.cn

http://www.zuojiachubanshe.com

印　　　刷：北京盛通印刷股份有限公司

成品尺寸：140×203

字　　　数：174 千

印　　　张：10.75

印　　　数：1—10000

版　　　次：2025 年 1 月第 1 版

印　　　次：2025 年 1 月第 1 次印刷

ISBN 978-7-5212-3215-8

定　　　价：68.00 元